ャプリゾ

わたしはミ（ミシェル），20歳の娘。火事で大火傷を負い顔も焼かれ，皮膚移植の末，一命をとりとめたが，記憶を失った。そして自分がミだと知らされた。一緒にいたド（ドムニカ）は焼死したという。真相を知るのは，わたしだけのはずなのに，自分が誰なのかわからない。ホテルで宿泊カードにドムニカと署名したのはなぜ？　わたしは大金持ちの伯母さんの遺産を相続するという。本当にわたしはミなのか？　死んだのはミで，わたしはドなのではないか……？　わたしは探偵で犯人で被害者で証人なのだ。フランス推理小説大賞受賞の傑作ミステリ。

登場人物

ミシェル・イゾラ（ミ）……二十歳の娘、ミッキー
ドムニカ・ロイ（ド）……ミの幼なじみ
アンジェラ（ラ）……同右
ミドラ伯母さん……サンドラ・ラフェルミ、ミの母の姉
ジャンヌ・ミュルノ……ミの後見人
フランソワ・シャンス……弁護士
フランソワ・ルッサン……ミの男友達の一人
ガブリエル……ドの恋人
セルジュ・レッポ……郵便局員

シンデレラの罠

セバスチアン・ジャプリゾ
平　岡　敦　訳

創元推理文庫

PIÈGE POUR CENDRILLON

by

Sébastien Japrisot

目次

シンデレラの罠

わたしは殺してしまうでしょう

昔、あるところに、三人の娘がいた。ひとりはミ、もうひとりはド、三人目はラという名前だった。娘たちにはいいにおいのする、名づけ親の伯母さんがいた。娘たちがおいたをしても決して叱らず、皆からはミドラ伯母さんと呼ばれていた。

ある日、庭で遊んでいるとき、ミドラ伯母さんはミにキスをした。けれどもドとラにはキスをしなかった。

ある日、結婚ごっこをしているとき、ミドラ伯母さんはミを選び、ドとラは決して選ばなかった。

ある日、娘たちは悲しかった。旅立つミドラ伯母さんはミといっしょに泣き、ドとラには何も言わなかった。

三人のうちでミがいちばんかわいく、ドがいちばん賢く、ラはまもなく死んでしまった。

ラの葬式はミとドにとって、とても大きな出来事だった。テーブルの上にはたくさんの蠟燭《ろうそく》と帽子があった。ラの棺は白く塗られ、墓地の土はやわらかかった。墓掘り人夫は金ボタンのついた上着を着ていた。葬式にはミドラ伯母さんもやって来た。ミがキスをすると伯母さんは「かわいい子」と言い、ドには「服が汚れるじゃないの」と言った。

こうして何年かが過ぎた。伯母さんのことを話すとき、皆は声をひそめた。伯母さんは遠くに暮らし、つづりの間違った手紙を書いてくるだけだった。貧しいときは裕福な婦人たちのために靴を作り、金持ちになってからは貧乏な女たちのために靴を作って、お屋敷をいくつも買った。ある日、お祖父さんが亡くなると、伯母さんは大きな車でやって来た。そして自分のきれいな帽子をミにかぶせたが、ドを見ても誰だかわからなかった。墓地の土はやわらかく、墓掘り人夫は金ボタンのついた上着を着ていた。

やがてドはドムニカに、ミはミシェルになった。遠くへ行ったミシェルはときおりバカンスに帰ってくると、いとこのドムニカにオーガンジーのきれいなドレスを試着させた。彼女が口をひらけば誰もが心を動かされ、ミドラ伯母さんからは「かわいい子」と書かれた手紙が届いた。ミシェルはお母さんの墓の前で泣いていた。墓地の土はやわらかく、ミドラ伯母さんはミの、ミッキーの、ミシェルの肩に手をかけ、ドには聞こえない何かやさしい言葉をささやいた。

お母さんを亡くしたミは黒い服を着て、「愛してほしいわ。わたしには愛が必要なの」とドに言った。いっしょに散歩するとき、ミはいつもドの手を取りたがった。ミはいとこのドに、「キスして、抱きしめて、誰にも内緒にするから。ねえ、結婚しましょう」と言った。

さらに二年か三年かのち、ミはコンクリートの滑走路でお父さんにキスをしていた。目の前にとまっている巨大な鳥が、彼女をはるかミドラ伯母さんのもとへと運んでいく。そこは新婚旅行の国、ドが地図を広げ、指で追わねば見つからない町だった。

しばらくすると、ミの姿はつるつるの表紙をした雑誌の写真でしか見られなくなった。あるときは黒く長い髪をし、舞踏服に身を包んで、大理石と金張りの大広間へ入るところ。あるときは長い脚をすらりと伸ばし、白い水着姿で白いヨットのデッキに寝そべっているところ。またあるときは、小型のオープンカーを運転しているところだった。いっしょに乗っている若い男たちは肩を抱き合い、身ぶり手ぶりで歓声をあげている。きれいな顔をこわばらせ、澄んだ美しい目の上で眉をわずかにひそめていることもあったが、それは雪に反射して輝く陽光のせいだろう。目の前のレンズを見つめて微笑むアップの写真には、彼女はいずれ国一番の金持ちになるとイタリア語のキャプションが添えられていた。

さらに時が過ぎ、ミドラ伯母さんはフィレンツェだかローマだかアドリア海だかの屋敷で、妖精が死ぬように死にかけていた。そんなお伽噺《とぎばなし》を思いついたのはドだった。もちろん彼女だって、もうお伽噺を信じる歳ではなかったけれど。

ベッドのなかで想像をめぐらしていると、本当にありうる話のような気がして、ドは眠れなくなった。しかしミドラ伯母さんは妖精ではなく、いつもつづりを間違え、葬式のときにしか会わない金持ちの老婦人だ。それにミがいとこでないのと同じように、ドの名づけ親でもない。ドやラのような家政婦の子供たちを思いやって、そう言っていただけだった。誰が困るわけでもないのだから。

ドは雑誌の写真で見る長い髪の王女様《プリンセス》と同じく、二十歳になっていた。毎年クリスマスには、フィレンツェから手縫いの舞踏靴が届く。そのためだろうか、彼女は自分をシンデレラだと思っていた。

わたしは殺しました

突然、白い閃光が炸裂し、目をつらぬく。誰かが身をかがめ、上からのぞき込んでいる。頭に声が響く。遠くの廊下にこだまする叫びが聞こえる。でもそれは、わたし自身の叫び声だ。口から闇を吸い込む。見知らぬ顔や、ささやきに満ちた闇を。そしてわたしは、再び幸福な死をむかえる。

一瞬ののち――一日か一週間か、一年後かもしれない――まぶたの向こう側から、光がもどってきた。手が焼けるように痛い。それに口や目も。わたしは台に寝かされ、がらんとした廊下を運ばれていった。叫びは続き、闇が訪れる。

ときおり、痛みが一点に集中した。頭のうしろあたりに。ときおり、どこかに運ばれていくような気がした。台に乗せられ、どこか別の場所へと。痛みは血管をめぐり、吹き出る火炎のように血を干上がらせる。暗闇のなかにはいつも火が、水があった。しかしもう苦しみはない。わたしは広がる炎に怯《おび》えた。吹き出る水は冷たく、心地よい眠りを誘った。見知らぬ顔やささやき声など消えてしまえばいい。口から吸い込んだ闇が、真っ暗になればいい。冷たい水の奥底まで沈んだまま、もうもどらなければいい。

けれどもわたしは、いきなりもどった。全身の痛みに引き寄せられ、白い光の下に目を釘づけにされて。わたしはもがき、うなった。自分の叫びが遠くに聞こえる。わけのわからないことをわめく声が、頭のなかに響いた。

闇。顔。ささやき。気持ちがいい。またおいたをしたら、タバコで黄色くなったパパの指で、ほっぺをペンペンするからね。さあ、パパのタバコに火をつけて。マッチを、火を吹き消すんだ。

白。手や口、目の痛み。**動いちゃいけません。動かないで。さあ、ゆっくりと。痛くしませんから。酸素を。ゆっくりと。さあ、おとなしくして。おとなしく。**

闇。女の顔。二かける二は四。二かける三は六。定規で指をたたかれる。並んで外に出なさい。お歌を歌うときは、口を大きくあけて。顔という顔が、二列に並んで出ていく。**看護師はどこだ？** 教室でひそひそ話をしては駄目。天気がいい日は泳ぎに行きましょう。**患者は話をするのかね？ 初めはうわごとを言っていました。皮膚移植をしてから、手の痛みを訴えていますが、顔のことは何も。**海。あんまり遠くまで行くと、溺れるわよ。患者は母親や、指をたたいた女教師のことをこぼしています。波がいくつも頭上を過ぎていく。水。髪が水に浸《つ》かり、沈んで、また浮かんで、光が輝く。

わたしは九月のある朝、清潔なシーツの上にあお向けに横たわったまま、浮かび上がった。顔と手が火照《ほて》っている。ベッドのわきには窓があって、明るい陽光が正面からさし込んだ。

男がひとりやって来て、やさしい声でわたしに話しかけた。なんだかそれが、とても短い時間に思えた。静かにしていなさい、と男は言った。頭や手を動かそうとしてはいけないと。男は、ひとつひとつの音を区切りながら話した。安心感を与える、やわらかな物腰だった。骨ばった長い顔をし、目は黒くて大きい。けれども、男の白衣だけは耐えがたかった。わたしが目を閉じるのを見て、男ははっと気づいたようだ。

二度目にやって来たとき、男はグレーのウールジャケットを着ていた。そしてまた、わたしに話しかけた。答えがウイならまばたきをするように、と彼は言った。痛みはあるか？　ウイ。頭が痛いのか？　ウイ。手は痛いか？　ウイ。何が起きたのかわかっているか、と彼はたずねた。わたしは必死に目をあけ続けた。

男が立ち去ると、看護師がやって来て睡眠薬を注射した。看護師は背が高く、白い大きな手をしていた。わたしの顔は彼女と違い、むき出しではないらしい。わたしは肌をおおうガーゼや軟膏を、必死に感じ取ろうとした。首に巻かれた包帯を、頭のなかで少しずつ追っていく。包帯はうなじを通って頭のてっぺんまで行き、額をぐるぐる巻きにしていた。それから目の上を残して、顔の下方まで何周もしながら下りていく。いつしかわたしは眠りに落ちた。

こうして日々が過ぎていった。わたしはただどこかに運ばれ、食べ物を与えられ、ストレッチャーに乗せられて廊下を移動するだけの存在だった。まばたき一回でウイ、二回でノンと答え、叫び声をあげまいとし、包帯をとりかえるときはうめき、胸にのしかかる疑問を目で表わそうとするほかは、話すことも動くこともできない存在だ。クリームで体を拭いてもらい、注射で意識をなくされる赤ん坊。手も顔もない物体。そう、わたしは何者でもない。

「二週間後には包帯がとれますよ」と骨ばった顔の医者は言った。「正直、ちょっと残念です。ミイラ姿のあなたが気に入っていたんですよ」

医者はドゥランと名乗った。わたしが五分後にもその名前をおぼえていたので、彼はご満悦の様子だった。わたしがそれを正確に発音するのを聞き、さらに大喜びした。最初はわたしの上に身を乗り出し、お嬢さん、落ち着いてと言うだけだった。わたしは《お嬢子校》とか《落ち着い的》とくりかえした。頭では間違いだとわかっているのに、口がこわばってついそう言ってしまうのだ。《混成語》というやつですね、と医者はあとから説明した。ほかのことより面倒はない、すぐになくなるからと。

たしかに十日もしないうちに、動詞や形容詞を聞いてきちんとわかるようになった。普通名詞はさらに何日かかかった。けれども固有名詞は、どうしても意味がつかめない。ほかの言葉と同じように正確にくりかえすことはできるのに、ドゥラン先生が口にする以上のことは何も喚起されなかった。パリやフランス、中国、マセナ広場、ナポレオンのような言葉を除けば、固有名詞はわたしの知らない過去に閉ざされていた。しかしそれも、おぼえなおせばすむことだ。食べる、歩く、バス、頭蓋骨、クリニックといった言葉の意味は、説明されるまでもなかった。人物や場所、固有の事件以外は、すべて問題ない。ドゥラン先生が言うには、それはあたりまえのことで、心配にはおよばないのだそうだ。

「わたしの名前はおぼえていますね？」

「先生が言ったことは、全部おぼえています。いつ顔を見られるんですか？」

ドゥラン先生はベッドから離れた。その動きを目で追おうとしたら、体に痛みが走った。先生が持ってきた鏡に、顔を映してみる。頭をおおうギプスの上から白いガーゼと包帯がぐるぐる巻きにされ、そのなかに二つの目と口がのぞいていた。

「これを全部ほどくには一時間以上かかるでしょう。下はきれいに治ってますよ」

先生は鏡を持って、しばらく見せてくれた。わたしは枕に寄りかかっていた。腕は体に沿って伸ばしたまま、ベッドに固定されている。

「手の包帯もとれますか?」

「そのうちにね。まずは安静にしていなくては。腕をしばるのは、寝るときだけになりますよ」

「わたしの目、青いですね」

「ええ、青い目です。さあ、おとなしくして。動いてはいけません。何も考えないことです。おやすみなさい。午後になったらまた来ますから」

鏡とともに、青い目と口だけの物体も消え去った。骨ばった長い顔が、再び目の前に現われる。

「ねんねですよ、ミイラさん」

すっと体を寝かされるのがわかった。できれば先生の手を見たい。顔、手、目。今はそれが何より大事だった。けれども先生は立ち去り、わたしは全身くたくたになって、注射なしで眠りについた。ほかの名前と同じく記憶にない、自分の名前をくりかえしながら。


「名前はミシェル・イゾラ。ミとかミッキーと呼ばれています。年は二十歳。十一月には二十一歳になるわ。生まれはニースで、父はまだそこに住んでいます」

「ゆっくりと、ミイラさん。言葉の半分がつかえていますよ。疲れているんですね」

「先生の言ったことは、全部おぼえているわ。わたしは伯母さんといっしょに、何年もイタリアで暮らしていました。伯母さんは五月に亡くなり、わたしは三か月前に火事で大火傷《おおやけど》を負いました」

「ほかにも言ったはずですがね」

「わたしは車を持っていました。車種はＭＧ。登録番号はＴＴＸ６６・４３・１３。色は白」

「そのとおりです、ミイラさん」

　わたしは先生を引きとめたかった。腕からうなじにかけて、ずきんと痛みが走る。先生はいつも数分間しかいない。それからわたしは薬を飲んで、眠らされる。

「わたしの車は白。車種はMG。登録番号はTTX66・43・13」

「家は？」

「家は岬にあります。カデ岬。ラ・シオタとバンドルのあいだです。二階建てで、一階は部屋が三つにキッチン、二階は部屋が三つにバスルームが二つ」

「そんなに早口にならずに。あなたの部屋は？」

「海と町が見下ろせる部屋です。町の名はレ・レック。部屋の壁は青と白に塗られています。こんなのくだらないわ。全部おぼえているって、言ってるじゃないの」

「それが重要なんですよ、ミイラさん」

「重要なのは、わたしがただくりかえしてるだけってことよ。何も思い出さない。どれもただの言葉にすぎないわ」

「イタリア語でもくりかえせますか？」

「いいえ。おぼえているのは部屋《カメラ》、家《カーサ》、機械《マキーナ》、白《ビアンカ》って言葉だけ。前にも言ったでしょ」

「今はこれくらいにしましょう。もう少しよくなったら、写真を見せます。大きな箱に三つ分渡されましてね。おかげであなたのことは、あなた以上に知っているくらいですよ、ミイラさん」

火事の三日後、ニースの病院でわたしの手術をしたのは、シャヴェールという名の医者だった。ドゥラン先生によれば、その日、二度の出血があったあとにしては素晴らしい処置で、目を見張る点がたくさんあったそうだ。けれども、これ以上は外科医の手を入れずにすませたい、と先生は言っていた。

わたしが今いるのは、ブーローニュにあるディンヌ先生のクリニックだった。最初の手術から一か月後、ここに運ばれてきたのだ。飛行機のなかでは、三回出血した。パイロットが着陸の十五分前に、高度を上げねばならなかったからだ。

「皮膚移植が一段落したあとは、ディンヌ先生があなたの治療にあたりました。きれいに鼻を直してくれましたよ。石膏型を見ましたが、とてもよくできていました」

「それじゃあ、先生は？」

「わたしはシャヴェール先生の義弟で、サンタンヌ病院に勤務しています。あなたがパリに運ばれた日から、ずっと経過を見ているんです」

「わたしにどんな治療をしたの？」

「ここでですか？　だから、鼻をきれいに直したんです」

「でも、前の病院では？」

「そのことは、もういいでしょう。今はここにこうしているんですから。二十歳の若さだったのがよかったんです」

「どうして誰にも会えないんですか？　父でも昔の知り合いにでも、会えば一発で記憶がもどるはずだわ」

「なるほど、言いえて妙とはこのことだ。頭に喰らったその一発が、まさしくすべての元凶なんです。だから一発はもうなしにしてもらえば、ありがたいんですがね」

先生はそう言って微笑むと、わたしの肩のほうにゆっくり手を伸ばし、さっと軽く触れた。

「心配いりませんよ、ミイラさん。万事うまくいきます。しばらくすれば、記憶も少しずつもどってくるでしょう。痛みもなく、ゆっくりと。ひと口に記憶喪失と言っても、千差万別でして。患者の数だけあると言ってもいい。でもあなたのケースは、少しも厄介なものじゃありません。逆行性、脱漏性で、失語症は見られない。吃音《きつおん》すら皆無だ。きれいさっぱり忘れていますからね、あとは穴が縮まるばかりです。なに、穴といっても、とてもちっぽけなやつですよ」

先生は親指と人さし指を近づけてみせると、笑顔で立ち上がった。わたしの目が急激に動きすぎないよう、計算しつくしたようにゆっくりと。

「おとなしくしてるんですよ、ミイラさん」

わたしはきちんとおとなしくしていたので、ようやく薬漬けから解放された。それまでは日に三回、流動食のなかに錠剤を混ぜ込まれていたのだ。事故から三か月近くが過ぎ、九月も終わろうとしていた。わたしは眠ったふりができるようになった。それに記憶が鳥かごのなかで羽を広げ、ばたばたともがくにまかせることも。

陽光あふれる通りが脳裏に浮かぶ。海岸の棕櫚《しゅろ》、学校、教室、髪を束ねた女教師、赤いウールの水着、ランタンに照らされた夕闇、軍楽隊、アメリカ兵がさし出すチョコレート――そして空白。

そのあと白い閃光、看護師の手、ドゥラン先生の顔が続く。

ときには鮮明に、胸苦しくなるほど鮮明に、肉屋のような分厚い手が見えることもあった。指は太いけれど、機敏な動きをしている。でっぷりとした、丸刈り頭の男の顔も見える。シャヴェール先生の手と顔だ。二度の麻酔と昏睡のあいだに、垣間見《かいまみ》たのだろう。七月、彼がわたしをこの白けたわけのわからない世界に連れもどしたときの記憶だ。

わたしは痛むうなじを枕にあてて目を閉じ、頭のなかで計算をした。黒板に書かれた計算が目の前に浮かんでいる。わたしは今、二十歳。ドゥラン先生の話によると、アメリカ兵が少女たちにチョコレートをあげていたのは、一九四四、五年のことだという。つまりわたしがおぼえているのは、生まれてから五、六年のところまでで、その後の十五年間が消えてしまったのだ。

わたしは固有名詞に取り組んでみた。それは何も思い浮かばない言葉、わたしが強いられている新たな生活のなかに、何ら結びつくもののない言葉だから。ジョルジュ・イゾラ、わたしの父。フィレンツェ、ローマ、ナポリ、カデ岬。いくら考えても無駄だった。わたしは壁に向かって戦いを挑んでいるのだと、あとからドゥラン先生は説明してくれた。

「あわてることはないと、言ったはずですよ、ミイラさん。お父さんの名前を聞いて何も思い出さないのは、ほかのものといっしょにお父さんのことも忘れてしまったからなんです。名前そのものとは関係なく」

「でも、『河』や『キツネ』って言うときは、それがなんだかわかっているのよ。事故のあと、河やキツネを見たことなんかないのに」

「それについては、あなたが落ち着いたらじっくり話し合うことにしますから。ともかく今は、おとなしくしていてください。いいですか、これだけは忘れないで。あなたが置かれているのは、とてもわかりやすい典型的なプロセスなんです。正常なプロセスと言ってもいいくらいだ。わたしは毎朝、十人のお年寄りを診ています。頭に衝撃を受けたわけでもないのに、ほとんどあなたと同じ症状のお年寄りをね。五、六歳。それが彼らの記憶の限界です。小学校の先生はおぼえているのに、子供や孫のことは忘れてしまっている。でもトランプゲームはできる。ほとんど何もかも忘れているのに、トランプや片手でくるくるとタバコを巻くのはできるんです。それと同じようなものでしてね。あなたは今、老年性の健忘症でわれわれの手をわずらわせている。相手が百歳なら、こちらも『お元気で』のひと言でおしまいです。でもあなたはまだ二十歳ですから、このまま治らないなんてことは、万にひとつもありません。わかりましたね？」

「父にはいつ会えるんですか？」

「もうすぐです。あと数日で、顔にかぶっているこの兜《かぶと》みたいなものがとれますから、あとは経過しだいです」

「何があったのか知りたいわ」

「今度にしましょう、ミイラさん。まだ確かめておきたいこともありますし。あんまり長居をすると、あなたが疲れてしまう。ところで、ＭＧの登録番号は？」

「66・43・13・TTX」

「逆に言ったのは、わざとですか？」

「ええ、わざとよ。こんなこと、うんざりだわ。手を動かしたい！　父に会いたい！　ここから出たい！　毎日、くだらないことをくりかえさせて！　もうたくさんよ！」

「おとなしくして、ミイラさん」

「そんな呼び方しないで！」

「お願いですから、落ち着いて」

わたしは腕を、石膏の大きな拳《こぶし》を振り上げた。こうしてその晩、《発作》が起きたのだった。看護師がやって来て、またわたしの両手をしばった。目の前でドゥラン先生が壁に寄りかかり、こっちをじっと見ている。その目は怒りと屈辱感に満ちていた。

わたしはわめき続けた。恨《うら》む相手は先生なのか自分自身なのか、もうわけがわからなかった。看護師や医者が次々と入ってくる。おそらくそのとき初めて、われとわが身を実感したのだった。わたしを眺めている人々の目をとおして、自分の姿が見えるような気がした。なんだかこの白い部屋のなか、白いベッドの上で、体が二つに分裂したかのようだ。三つの穴があいた形のない物体。醜く泣き叫ぶ、みっともない物体。わたしは恐怖の叫びをあげていた。

そのあと何日か、ディンヌ先生は回診に来るたび、五歳の女の子に対するようにわたしに話しかけた。少し甘やかされすぎた、手のかかる女の子。しつけなおさねばならない女の子のように。

「またあんな騒動を起こしたら、包帯の下がどんなになっても知らないからね。責任は自分で負ってもらうことになる」

ドゥラン先生はまるまる一週間、顔を見せなかった。先生に来てほしいと、わたしは何度もたのまねばならなかった。担当の看護師は《発作》のあとで叱《しか》られたらしく、わたしがたずねてもしぶしぶ答えるだけだった。一日に二時間、腕をほどいてくれるけれど、そのあいだもずっと疑り深げに、わたしをねめつけていた。

「わたしが眠っているときも、あなたが見張ってるの？」

「いいえ」

「それじゃあ、誰が？」

「別の者です」

「父に会いたいわ」

「まだ会える状態じゃありません」

「ドゥラン先生に会わせて」

「ディンヌ先生が駄目だとおっしゃってます」

「何か言ってよ」

「どんなことを？」

「何でもいいから、話をして」

「禁止されています」

わたしは看護師の大きな手を見つめた。きれいな、ほっとするような手だった。しばらくすると看護師はわたしの視線に気づき、ばつが悪そうにした。

「そんなにじろじろ見ないでください」

「いつも見張ってるのはあなたのほうじゃない」

「それが仕事ですから」

「あなた、いくつ？」

「四十六です」

「わたしはここに、どれくらい入院しているの？」

「七週間」

「七週間のあいだ、ずっとあなたがわたしの担当を？」

「ええ。さあ、もうこれくらいにしないと」

「最初のころ、わたしはどんな様子だった？」

「体も動かせないくらいで」

「うわごとは？」

「ええ、ときどき」

「どんなことを言ってたの？」

「特別なことは何も」

「例えば、どんな？」

「もう忘れました」

さらに一週間後、永遠に続くかと思われた長い時が流れたのち、ドゥラン先生が包みをかかえて病室に入ってきた。彼は濡れたレインコートを脱ごうともしなかった。ベッドのわきの窓ガラスに、雨が打ちつけている。

先生はわたしに近づき、いつもしているようにさっと軽く肩に触れて、こんにちは、ミイラさんと言った。

「ずっと待ってたのよ」

「わかってます。あの一件で、お詫びの品を貰いましたよ」

彼が言うには、《発作》のあと外から花を届けてくれた人があったのだそうだ。彼の奥さんが好きなダリアの花束には、車のキーホルダーが添えられていたという。先生はそれをわたしに見せた。丸い金色のキーホルダーで、タイマー式のブザーがついている。駐車時間制限区域《ゾーン・ブルー》に車を駐めるには、とても便利だ。

「父からのプレゼント？」

「いえ、伯母さんが亡くなったあと、あなたの面倒を見てきた人でして。ここ数年は、お父さんよりも頻繁に会っていたようです。女の方ですよ。名前はジャンヌ・ミュルノ。パリにもいっしょにやって来て、日に三度、あなたの具合を問い合わせてきます」

　その名前を聞いても、何も思い出さないとわたしは言った。先生は椅子を引くと、キーホルダーのタイマーをしかけ、ベッドに伸ばしたわたしの腕のわきに置いた。

「十五分後にブザーが鳴ります。そうしたら、わたしは行かねばなりません。調子はどうですか、ミイラさん？」

「もうそんなふうに呼ばないでほしいわ」

「明日になったら、呼び方も変わりますよ。午前中、手術室に行って、包帯をはずしますから。ディンヌ先生の意見では、傷はすっかり治っているとのことです」

ドゥラン先生は持ってきた包みをあけた。それは写真、わたしの写真だった。彼は一枚ずつ見せながら、わたしの目を観察した。記憶がほんの少しでも回復するだろうとは、期待していない様子だった。事実、何も思い出さなかった。黒髪の若い女が写っている。とてもきれいだ。にこやかで、すらりとして脚が長く、十六歳の写真もあれば十八歳の写真もあった。

光沢のある写真は魅力的で、見るのが怖いくらいだった。わたしは澄んだ目をしたその顔、次々に見せられるその景色を思い出そうとさえしなかった。一枚目からすでに、徒労だとわかっていた。わたしは幸福感に包まれ、貪《むさぼ》るように自分を見つめた。けれども、白い閃光の下で目をひらいて以来、これほど不幸だと感じたこともなかった。笑いたかった。泣きたかった。そして結局、わたしは泣いた。

「さあさあ、しっかりして」

先生は写真をしまった。わたしはもっと見ていたかったのに。

「明日は別の写真を見せてあげますよ。あなたひとりではなく、ジャンヌ・ミュルノや伯母さん、お父さん、三か月前の友達と写っている写真をね。それで過去へもどれると期待しすぎないほうがいいですが、あなたの助けにはなるでしょう」

そうですね、先生を信頼しています、とわたしは答えた。腕のわきでキーホルダーのブザーが鳴った。

わたしは担当の看護師とディンヌ先生の助手にささえられ、歩いて手術室からもどった。廊下づたいに三十歩。顔をおおうタオルの下からは、白と黒の市松模様になったタイルしか見えなかった。わたしはベッドに寝かされた。脚よりも腕のほうが疲れている。両手にはまだ、重いギプスがはめられていたからだ。

わたしは上半身を起こしてもらい、枕に寄りかかった。ジャケット姿のディンヌ先生が病室に入ってくる。先生は満足げだった。そしてわたしの一挙手一投足を注意深く、好奇の目で観察した。むき出しになった顔が、凍りついたように冷たい。

「顔を見たいわ」

先生は看護師に合図をした。彼は髪がうすく、小太りだった。看護師が鏡を持ってベッドに近づいた。二週間前、包帯を巻かれたままの自分を映してみた鏡だ。

わたしの顔、わたしの目がこちらを見つめかえしている。鼻は小ぶりで、鼻筋が通っている。頬骨が突き出て皮膚が張り、半びらきになった厚い唇には、今にも泣きだしそうな、不安げな微笑みが浮かんでいた。顔色は思っていたほど青くない。むしろ薔薇《ばら》色で、はつらつとしているくらいだ。まずまず、感じのいい顔だわ。少し不自然なのは仕方ない。皮膚の下の筋肉が、まだ固まっているのだから。東洋的に思えるのは、高い頬骨やつり上がった目のせいだろう。じっと動かないしかめっ面の上に、ふた筋の温かい涙が流れるのが見えた。涙はあとからあとから、あふれ続けた。これがわたしの、わたしの顔なんだ。やがて顔は涙にぼやけ、見分けがつかなくなった。

「髪はすぐに伸びますよ」と看護師は言った。「ほら、包帯の下でも、三か月でこれくらいになったんですから。睫毛《まつげ》だってたちまちです」

看護師はレイモンドさんという名前だった。彼女は精一杯上手に、髪を整えてくれた。指三本分の長さになった髪にヴォリュームが出るよう少しずつていねいにとかし、傷がうまく隠れるようにした。脱脂綿で顔や首筋を拭いたり、眉毛《まゆげ》を撫でつけたりもした。もう《発作》のことは、怒っていないようだ。まるで結婚式の準備をするみたいに、毎日わたしを磨き上げてくれる。

「まるで若い尼さんか、ジャンヌ・ダルクみたいですよ。ジャンヌ・ダルクはわかりますよね?」

わたしの希望で病室に大きな鏡が運び込まれ、ベッドの正面に掛けられた。わたしは眠っているとき以外、飽かず鏡を眺めていた。

レイモンドさんは午後もずっと、進んで話をしてくれた。彼女は椅子に腰かけ、編み物をしたりタバコをふかしたりした。ベッドのすぐわきにいるので、少し顔を傾ければ、鏡に映るわたしたち二人が見えるくらいだった。

「看護師の仕事は長いの？」

「二十五年になります。ここに来て十年です」

「わたしみたいな患者を、前にも受け持ったことがある？」

「鼻を直したいって方は、たくさんいますから」

「わたしが言ってるのは、そういう患者じゃないわ」

「記憶喪失の女性も、一度看たことがあります。ずいぶん昔ですけど」

「その人、治った？」

「とてもお年でしたからね」

「また写真を見せて」

彼女はドゥラン先生が置いていった箱を戸棚の上から持ってきて、写真を一枚ずつ見せてくれた。何の記憶も喚起しない写真。9×13サイズの光沢紙に写し取られたしぐさの意味がつかめそうな気がしても、最初のときほどの喜びはなかった。

かつてわたしだった人を眺めるのは、これで二十回目にもなるだろう。今はもうその姿より、ベッドの正面に映っているショートヘアの娘のほうが気に入っている。

　太って頬がたるみ、鼻眼鏡をかけた女の写真もあった。ミドラ伯母さんだ。どの写真を見ても、伯母さんは決して笑っていない。肩に手編みのショールをかけ、いつも椅子にすわっていた。

　ジャンヌ・ミュルノも写っていた。ミドラ伯母さんに十七年間つかえ、最後の六、七年はわたしにつききりだった女性。ニースで手術を受けたあと転院したわたしのあとを追い、今もパリに滞在している。植皮手術のため、二十五平方センチの皮膚を提供してくれたのは彼女だった。毎日新しくなる病室の花も、見ているだけのネグリジェも、まだ禁じられている白粉《おしろい》、ずらりと壁に並べたシャンパンのボトル、レイモンドさんが廊下で同僚にくばるキャンディも、みんなジャンヌ・ミュルノが用意してくれたものだ。

「会ったことがある？」

「あの方にですか？　ええ、何度も。午後一時ごろ、昼食へ行くときに」

「どんな人？」

「写真のとおりです。あと何日かすれば、お会いになれますよ」

「話はした？」

「はい、たびたび」

「何を話したの？」

「『あの子をよろしく』っておっしゃってました。ミュルノさんは、あなたの伯母様のお気に入りだったんです。秘書というか、お世話係というか。イタリアであなたの面倒を見ていたのもあの方です。伯母様はもう、ほとんど歩けなくなっていましたから」

写真に写ったジャンヌ・ミュルノは大柄で、落ち着いていて、顔立ちや服装も悪くないが、どちらかというと堅苦しい感じだった。わたしと並んでいる写真は一枚しかなかった。あたりは雪景色で、二人ともぴっちりとしたパンツをはき、丸いポンポンのついた毛糸の帽子をかぶっている。ポンポンとスキー、わたしだという若い娘の笑顔。けれどもその写真は、仲よくくつろいでいるように見えなかった。

「この人、わたしのことをよく思っていないみたい」

レイモンドさんは写真の向きを変えてためつすがめつすると、仕方なさそうにうなずいた。

「たぶん、あなたが恨まれるようなことをしたんでしょう。わがまま放題してたそうですから」

「誰から聞いたの？」

「新聞に出てました」

「ああ、そう」

カデ岬の火事については、七月の新聞で詳しく報じられたらしい。ドゥラン先生はわたしやもう一人の娘のことが書かれている記事をとってあるそうだ。けれども、まだ見せようとしなかった。

もうひとりの娘も、箱のなかの写真に写っていた。みんなそこにいる。背の高い人、低い人。感じのいい顔、悪い顔。でも、誰だかはわからない。どの顔にも同じ笑みが張りついている。わたしはうんざりしてきた。

「今日はもうたくさん」

「何か読みましょうか？」

「父の手紙を読んで」

父からの手紙は三通だった。ほかにも記憶にない親戚や友達から、百通ほど届いていた。早くよくなってね。みんな心配でたまりません。生きた心地もしないわ。今すぐきみをこの手に抱きたい。親愛なるミ。ぼくのミッキー。かわいいミ。いとしい人。かわいそうなわが子。

父の手紙はやさしく、心配そうで、ひかえめで、ちょっともの足りなかった。イタリア語で書いている青年も二人いた。もうひとり、フランソワと名乗る男は、「きみはずっとぼくのものだ。こんな地獄の苦しみを、ぼくが忘れさせてあげる」と言っていた。

ジャンヌ・ミュルノからは包帯がとれる二日前に、小さなメッセージカードが届いただけだった。あとから、ほかの手紙といっしょに渡されたのだが、きっとフルーツの缶詰か絹の下着か、今腕にはめている小さな時計にでも添えてあったのだろう。カードには「愛するミへ。わたしがついているから心配しないでね。落ち込んじゃ駄目。がんばるのよ。ジャンヌ」と書かれていた。

読んでもらうまでもない。わたしは文面をそらでおぼえていた。

腕をしばりつけているギプスと包帯がとれた。けれども手の様子を見る間もなく、すぐに白いやわらかな綿の手袋をはめられた。

「手袋をはめなくてはいけないんですか？」

「大事なのは、手が使えるようになることです。骨に異状はありませんが、しばらく関節が痛むでしょう。その指では細かな作業は無理ですが、日常生活に支障はありません。最悪、テニスはあきらめてもらいますがね」

そう言ったのはディンヌ先生ではなく、先生がよこした二人の医者の片方だった。彼らはわたしによかれと思い、わざと厳しいもの言いをしているのだ。わたしが自分を甘やかさないようにと。

わたしは何分も続けて、指の曲げのばしをさせられた。それから彼らの手の上で、拳《こぶし》を握ったりひらいたりをした。念のため、二週間後にレントゲンを撮りましょうと言って、二人は病室から出ていった。

その日は朝から、回診が続いた。二人のあとには心臓の専門医、そのあとにはドゥラン先生がやって来た。わたしはざっくりとした青いニットのスカートと白いブラウス姿で、花でいっぱいの病室を行ったり来たりした。心臓の専門医はわたしの胸もとをあけて聴診器をあてると、「異状なしですね」と言った。もうすぐ手袋をはずして、ひとりでこの手を眺められる、とわたしは思った。ハイヒールにも、たちまち慣れたし。しかし何もかも忘れて、五歳の女の子にもどってしまったのだとしたら、ハイヒールもストッキングも口紅も、妙に感じるはずでは？

「困りますね」とドゥラン先生は言った。「そんなつまらないことは考えないようにと、何度も注意したじゃないですか。わたしが今ここで、あなたを夕食に誘ったとしましょう。あなたが正しくフォークを使えたからといって、それが何の証明になるというんです？　手のほうが頭より、しっかりおぼえていたとでも？　車のハンドルを握ったって、そりゃまあ最初はちょっとスピードを出しすぎるかもしれません。あなたはプジョー四〇三に慣れていませんからね。しかし、まずまずまともに運転できたとして、何かわかったことになりますか？」

「さあ、どうでしょう。先生が説明してくれなくては」

「わたしがすべきなのは、あと数日あなたを入院させておくことです。ただ残念ながら、どうしても退院させろと言われてまして。法的には、無理にここに置いておくことはできません。本人の望みでなければね。でも、あなたにそれをお願いしていいものやら」

「誰が退院させるようにと？」

「ジャンヌ・ミュルノです。もうこれ以上、待ってられないと言うんです」

「じゃあ、彼女に会えるんですね？」

「さもなければ、何のためにわざわざ引越し騒ぎなんか？」

先生はそっぽを向いたまま、ドアのあいた部屋を手で指し示した。レイモンドさんがわたしの衣類を片づけ、もうひとりの看護師がシャンパンやまだ読んでもらっていない本の山を運び出している。

「どうして、まだ退院させたくないんですか？」

「あなたはきれいな顔としっかり脈打つ心臓、うまく動く手、まったく正常な左前頭葉第三脳回を持って退院するんですから、できれば記憶も回復していってほしいんです」

「第三、何ですって？」

「前頭葉第三脳回。脳の左側です。そこなんですよ、最初に出血があったのは。当初見られた失語症は、それが原因だったと思われます。しかしほかにも、別の問題がありました」

「別の問題って？」

「はっきりはわかりませんが、火事のときにあなたが感じた恐怖とか、あるいはショックとか。あなたは燃えている家から、外に飛び出しました。玄関の階段下で見つかったんです。頭に十センチ以上もある大きな傷を負ってました。でも今あなたを苦しめている記憶喪失は、脳の傷とは関係ありません。わたしも最初はそうかと思いましたが、原因はほかにあります」

わたしは白い手袋をはめた手を膝に置き、乱れたベッドに腰かけていた。そして退院したいと先生に言った。わたしも、もうこれ以上耐えられない。ジャンヌ・ミュルノと会って話をすれば、何もかも思い出すだろうと。

仕方ないというように、先生は両手をひろげた。

「ミュルノさんは今日の午後、ここに来ます。きっとあなたを、そのまま連れ帰るつもりでしょう。もしパリにいるなら、病院かわたしのクリニックで診察を続けられます。もし南仏に行くというのなら、ぜひともシャヴェール先生に電話してください」

ドゥラン先生は苦々しげな口調だった。どうやらわたしのことを恨んでいるらしい。

今後も診察に通いますから、とわたしは言った。けれどこれ以上入院していたら、気が変になりそうだと。

「だったら変なことは考えないでくださいよ」と先生は言った。「心配なのはひとつだけ、《記憶なら、これからほかにいくらでも作る時間がある》って思うことです。のちのち、後悔しますからね」

そう言い残して、先生は立ち去った。たしかにわたしは、そう思ったことがある。顔が治ってから、失われた十五年のことがあまり気にならなくなっていた。うなじの激痛と頭が重いのだけは続いているが、それもやがてはなくなるだろう。鏡に映った自分、それがわたしだ。かわいい尼さんのような目をし、外には待っている生活がある。わたしは幸福で、自分が気に入っている。《もうひとりの自分》にはお気の毒さま。でもわたしは、今のわたしなんだ。

「簡単な話だわ。この鏡をのぞいたら、素晴らしいわたしが映ってた。とっても気に入ったってわけ」

わたしはくるくると回ってスカートをひらめかせながら、レイモンドさんに話しかけた。しかし興奮に足がついていかず、危うくバランスをくずしかけた。わたしはあわてて動きを止めた。見るとそこにジャンヌがいた。

ジャンヌは片手でドアノブをつかんだまま、妙にこわばった顔をして部屋の入口に立っていた。髪の色は思っていたよりも薄く、ベージュのスーツが陽光に輝いている。写真を見ただけではわからなかったことが、もうひとつあった。彼女はとても大柄で、わたしより頭ひとつ分も背が高かった。

彼女の顔も物腰も、まったく未知のものではなかった。押し寄せる大波のように、いっきに過去がよみがえりそうな気がした。でもそれは、きっと目が回ったせいだろう。あるいは夢のなかで出会った人のように、どこか見おぼえのある女性が、思いがけず目の前に現われたからかもしれない。わたしはベッドにすわり込むと、まるで恥ずかしがっているかのように、手袋をはめた手で無意識のうちに顔を、髪を、隠した。

レイモンドさんは遠慮して、さっさと部屋から出ていった。ジャンヌが口をひらくのが見える。そして声が聞こえる。瞳と同じく深く、やさしく、親しげな声だった。

彼女は近寄り、わたしを抱きしめた。

「泣かないで」

「泣かずにいられないわ」

わたしはジャンヌの頬や首にキスをした。手袋越しにしか触れられないのが残念だった。香水さえもおぼえのある、夢のなかからただよってくるもののような気がした。わたしは髪が恥ずかしくて、彼女の胸に頭をあずけた。ジャンヌはそっと髪をかき分け、傷跡を確かめた。つらかった、とわたしは言った。早くあなたといっしょに行きたかった、どんなにあなたを待っていたか、わかってもらえないだろうと。

「さあ、顔を見せて」

ジャンヌはいやがるわたしの顔を上げさせた。間近にある彼女の目を見て、何もかも思い出せそうな気がまたしてきた。よく澄んだ金色の目。その奥には、ためらいのようなものが蠢《うごめ》いていた。

ジャンヌのほうも、一からわたしを知ろうとしているのだ。彼女は困惑したような目で検分を始めた。わたしの顔に、失われた娘の面影をさがしている。そうやって調べられるのが、しまいには耐えきれなくなった。わたしはいっそう激しく泣きながら、ジャンヌの手を取って顔から離した。

「お願い、連れていって。そんなふうに見ないで。わたしよ、ミよ！　そんなふうに見ないで」

ジャンヌはわたしの髪にキスをし続けながら、さあいい子だから、愛してるわと言った。やがてディンヌ先生が入ってきた。泣いているわたしと大柄なジャンヌを見て、当惑気味だった。立ち上がったジャンヌは、この部屋の誰よりも背が高かった。ディンヌ先生よりも、彼の助手よりも、レイモンドさんよりも。

それからわたしに関する注意点やら心配やらが、えんえんと話し合われた。けれどもわたしは聞いていなかった。そんなもの、もう聞きたくもない。わたしは立ったまま、ジャンヌに寄りそっていた。彼女は片手でわたしを抱き寄せ、わが子を連れ帰る女王のような口調で医者たちと話した。大丈夫。もう何も恐れることはない。

ジャンヌはコートのボタンをかけてくれた。袖が古びているところから見て、バックスキンのコートは前からわたしが着ていたものなのだろう。彼女はわたしの髪をおおうベレー帽をなおし、首に緑色の絹のスカーフを巻いてくれた。それからわたしを連れてクリニックの廊下を抜け、まぶしい陽光があふれるガラスのドアへと向かった。外には黒い幌《ほろ》のついた白い車が駐まっていた。ジャンヌはわたしを助手席にすわらせると、ドアを閉めて運転席に回った。彼女はもの静かで、落ち着いていた。ときどきわたしのほうを見て笑いかけ、こめかみに素早くキスをした。

車が動きだす。タイヤの下で小砂利がきしんだ。ひらいた門。木々のあいだに大通りが続いている。

「ブーローニュの森よ」とジャンヌは言った。

疲れて、まぶたが重い。わたしはゆっくり体をくずすと、やわらかなジャンヌのスカートに頭をあずけた。目の前で、ハンドルの端が動いている。生きている実感に包まれながら、わたしは眠りに落ちた。

目を覚ましたときは、低い長椅子の上だった。大きな赤いチェックの毛布が、脚にかかっている。テーブルにのせたスタンドが、広い部屋のあちこちに置かれていた。けれどもその明かりは、闇に沈む部屋の隅まで届かなかった。

三十歩ほど向こうの大きな暖炉で、火が燃えている。立ち上がると、空白の重みがいつになくずっしりと頭にのしかかった。わたしは暖炉の火に近づき、肘掛け椅子を引き寄せると、ぐったりとすわり込んでまたまどろみ始めた。

ふと気づくと、ジャンヌがわたしをのぞき込んでいた。ささやくような声も聞こえる。ミドラ伯母さんの姿が、突然脳裏に浮かんだような気がした。オレンジ色のショールを肩にかけ、車椅子を押してもらっている、醜悪で恐ろしげな姿が……。目をあけると、一瞬めまいがした。雨に濡れた窓ガラス越しに見る景色のように、すべてがぼんやりと歪んでいた。

やがてあたりは、くっきりとした輪郭を取りもどした。ジャンヌの明るい顔、澄んだ目が上にあった。ずいぶん前から、わたしを見つめていたらしい。

「大丈夫?」

大丈夫よ、とわたしは答え、もっと近寄ろうと腕を伸ばした。彼女の髪が頰を撫でる。その向こうに、広々とした部屋が見えた。板張りの壁、スタンド、隅の暗がり、さっきまで寝ていた長椅子。毛布は膝にかかっていた。

「ここはどこ?」

「借りている家よ。あとで説明するわ。気分はどう? あなた、車のなかで眠ってしまったの」

「寒いわ」

「コートを脱がせるべきじゃなかったわね。さあ」

そう言ってジャンヌはわたしを暖めようと、腕や腰を力いっぱいこすり始めた。わたしは笑い声をあげた。ジャンヌは顔をこわばらせ、体を離した。瞳の奥に、またしてもためらいが見て取れる。突然、ジャンヌはつられたように笑い始めた。そしてカーペットに置いてあったカップをさし出した。

「飲みなさい。お茶よ」

「長いこと眠っていたの？」

「三時間くらいかしら。さあ、飲んで」

「ここにいるのは、わたしたちだけ？」

「いいえ、料理係と手伝いの者がいるけれど、気がきかなくて。飲みなさい。あなたを車から降ろしていたら、二人ともあっけにとられてたわ。すっかり痩せちゃったから、ひとりで運べたけれど。そのほっぺがもとにもどるよう、ひとがんばりしなくては。小さいころのあなたにも、無理矢理食べさせたでしょ。嫌われようがどうしようが」

「わたし、あなたを嫌ってたの？」

「飲んで。いいえ、嫌ってなんかいないわ。あなたは十三歳で、あばら骨が浮き出てた。あなたのあばら骨が、どんなに恥ずかしかったことか。さあ、飲むのよ」

わたしはいっきにお茶を飲んだ。なまぬるく、特においしいとも思わなかったけれど、びっくりするほどまずくもなかった。

「好みじゃないの？」

「ええ、あんまり」

「好きだったのよ、前は」

これからはことあるごとに、「前は」と言われるのだろう。クリニックでは最後の何日か、コーヒーを少し飲ませてもらい、とてもおいしかったとわたしは言った。ジャンヌは肘掛け椅子に身を乗り出し、欲しいものは何でもあげるからと答えた。肝心なのは、わたしが無事ここに帰ってきたことだと。

「さっきクリニックで、わたしのことがわからなかったわよね。そうでしょ？」

「いいえ、わかったわ。もっとくつろいでいいのよ」

「わかったの？」

「だってずっと大事に面倒見てきたのよ」と彼女は言った。「初めて会ったのはローマの空港でだった。あなたはまだちっちゃくて、大きなスーツケースを持ってたわ。今と同じ、途方に暮れたような表情をして。伯母さんに『ミュルノ、この子が太らなかったらクビよ』って言われ、わたしはあなたに栄養をつけた。お風呂に入れ、服を着せ、イタリア語、テニス、チェッカー、チャールストン、何もかも教えた。お尻をたたいたこともあったくらい。十三歳から十八歳まで、あなたは三日と続けてわたしから離れたことはなかった。だからわたしにとってあなたは、実の娘みたいなものなの。伯母さんには、『それがあなたの仕事なのよ』って言われていたけれど。今また、一から始めなくては。もしあなたがもとにもどらなかったら、自分で自分をクビにするわ」

ジャンヌはわたしが笑いだすのを聞いて、まじまじとこちらを見つめた。わたしは笑うのをやめてたずねた。

「どうかしたの?」

「何でもないわ。ちょっと立ってみて」

ジャンヌはわたしの手を取ると、部屋を歩いてみるようにと言った。そしてわたしを観察しようと、少しうしろにさがった。わたしはためらいがちに、何歩か歩いた。うなじにじんわりとした痛みが広がり、両脚が鉛のように重い。

わたしのほうにもどってくるジャンヌを見て、はっと気づいた。これ以上わたしを混乱させまいとして、彼女はわざと平静を装っているのだ……。ジャンヌは自信たっぷりの笑みを浮かべてみせた。まるでわたしが初めから、こんなふうであったかのように。突き出た頰骨も、小ぶりな鼻も、指三本分しか伸びていない髪も。わたしたちがいる屋敷のどこかで、時計が七時を打った。

「そんなに変わった？」とわたしはたずねた。

「もちろん、顔は変わったわよ。疲れているでしょうから、動作や歩き方が前と同じじゃなくても不思議じゃないわ。わたしも慣れなくては」

「どうしてこんなことに？」

「それはまたあとでね」

「思い出したいのよ。あなたのことも、自分自身のことも、ミドラ伯母さんやお父さんや、ほかの人たちのことも。思い出したいの」

「いずれ思い出すわ」

「なぜここにいなきゃいけないの？　わたしの知っている場所、知り合いがいる場所に、どうして今すぐ連れていってくれないのよ？」

ジャンヌがこの質問に答えたのは、結局三日もあとだった。そのときは立ったままわたしを抱きしめ、あやすように揺すりながらただこう言っただけだ。あなたのことは娘のように思っている、もう置いていきはしない、誰にもあなたを傷つけさせないと。

「わたしを置いていったことがあるの？」

「ええ、火事の一週間前に。あなたの伯母さんのことで、片づけなければならない用事がニースにあったから。別荘にもどったら、あなたは半死半生で階段の下に倒れてた。夢中で救急車や警察や医者を呼んだわ」

そのときわたしたちは、別の広い部屋にいた。陰気な家具が置かれた食堂で、わたしは肩にチェックの毛布をかけ、やけに長いテーブルの前にジャンヌと並んですわっていた。

「わたしは長いことカデ岬にいたの？」

「三週間くらいかしら。最初の数日は、わたしもあなたたち二人といっしょだったけど」

「二人って？」

「あなたと、もうひとりの娘。いっしょに連れていきたいって、あなたが言うから。さあ、食べて。どうしても食べないなら、これ以上話さないわよ」

わたしは過去の断片と引きかえに、ステーキを何切れかつついた。こうしてわたしたちはヌイイの薄暗い屋敷で、並んで物々交換を続けた。食事は料理係の女が出してくれた。彼女はひっそりと歩き、ジャンヌを呼ぶときはマドモワゼルもマダムもつけずに、ただミュルノという姓だけを言った。

「その娘は、あなたの幼なじみだったの。ニースの屋敷でいっしょに大きくなった仲。彼女の母親があなたのお母さんの洗濯係として、通ってきてたから。八、九歳のころから、お互い疎遠になったけど、今年の二月に再会した。その子、パリで働いていたのよ。あなたときたら、もう彼女にご執心で。名前はドムニカ・ロイ」

ジャンヌはわたしが何か思い出さないかと、じっと表情をうかがった。けれども、期待はずれだった。彼女が語る人々の運命は、とても悲しいものだった。しかしその誰をも、わたしはおぼえていなかった。

「死んだのはその娘なのね？」

「そう、別荘の焼けた側で見つかったわ。どうやらあなたは火傷を負う前に、彼女を助け出そうとしたらしい。けれどもネグリジェに火が移って、庭にあるプールのほうに走りだした。そして三十分後、わたしは玄関前の階段下に倒れているあなたを見つけた。夜中の二時を過ぎていたわ。パジャマ姿の人たちが遠巻きにしてたけど、誰もあなたに触れようとしなかった。みんな、どうしたらいいのかわからなかったみたい。わたしのすぐあとに、レ・レックの消防署員が駆けつけた。彼らがまずあなたをラ・

シオタにある造船所の救護室に連れていったのよ。夜中のうちにマルセイユの救急車が手配できたけど、結局最後はヘリコプターでニースに移送した。そこで手術が行なわれたってわけ」

「わたしに何があったの？」

「屋敷の外に逃げ出そうとして階段を踏みはずし、転げ落ちたんでしょう。あるいは二階の窓から飛び下りたのか。警察の調べでは、確かなことは何もわからずじまい。ともかく、頭から階段にぶつかったのは間違いないわ。顔と両手が焼けただれていたけど、体の火傷はあまりひどくはなかった。消防署員から聞いた話も、よくおぼえていなくて。あなたは裸で、足の先から頭まで真っ黒で、握りしめた手や口のなかに布の燃えかすがつまっていた。髪も焼け焦げてたし、まわりの人たちはてっきり死んだものと思っていたらしいわ。頭のてっぺんには、手のひらくらいの大きな傷があった。最初の晩、わたしたちが心配したのは、その傷ね。シャヴェール先生の手術が終わったあと、わたしは植皮手術の同意書にサインした。あなたの皮膚は、もう再生できなかったから」

ジャンヌはわたしのほうを見ずに話を続けた。ひとつひとつの言葉が、燃え広がる山火事のように頭のなかに入ってきた。ジャンヌはテーブルから椅子を離し、スカートをまくり上げた。右太腿のストッキングの上あたりに、茶色い痣《あざ》がある。皮膚を切り取った跡だ。

わたしは手袋をはめた手で顔をおおい、泣き始めた。ジャンヌがわたしの肩に腕をかける。そのまま二人は、料理係の女がやって来てフルーツの皿をテーブルに置くまで、しばらくじっとしていた。

「どうしても話しておかなければならなかったの」とジャンヌは言った。「あなたに知ってもらわなければ。そして思い出してもらわなければ」

「わかってるわ」

「ここにいれば、もう何も起きやしない。だから深刻に考えることないわ」

「どうして火事になったの？」

ジャンヌは立ち上がった。まくり上げたスカートがもとにもどる。彼女はサイドボードに近寄り、タバコに火をつけた。そしてマッチの火を見せつけるかのように、しばらく前にかかげ持っていた。

「死んだ娘の部屋で、ガス漏れがあったの。何か月か前に、別荘でガス工事をしたのだけれど、調べによると管の接続が悪かったらしいわ。その結果、湯沸かし器のパイロットランプから引火して、浴室で爆発が起きた」

ジャンヌはマッチの火を吹き消した。

「そばに来て」とわたしは言った。

ジャンヌはわたしのほうに歩み寄ると、隣に腰かけた。わたしは手を伸ばして彼女のタバコを取り、吸ってみた。おいしいような気がした。

「わたし、前から吸ってた？」

「立って」とジャンヌは言った。「車でひと回りしに行きましょう。リンゴを持ってね。さあ、涙を拭いて」


痩せ衰えたわたしには大きすぎるベッドがある天井の低い部屋で、ジャンヌは分厚いタートルネックのセーターとバックスキンのコート、緑色のマフラーをさし出した。それから手袋をはめたわたしの手を取り、がらんとした部屋をいくつも抜けて、大理石のタイルを張った玄関へ向かった。二人の足音があたりに響く。黒い木の生えた庭に出ると、わたしは退院した日の午後と同じ車に乗せられた。

「十時には寝られるようにするわ。その前に、見せておきたいものがあるの。何日かしたら、運転もさせてあげる」

「幼なじみだったっていう子の名前を、もう一度言ってみて」

「ドムニカ・ロイ。でも、ドって呼ばれてた。あなたたちが小さかったころは、もうひとり女の子がいたわ。もうずいぶん前に、関節リウマチか何かがもとで死んだけど。名前はアンジェラ。みんな同い年だったから、あなたたちにはいとこ同士だって言ってあった。三人ともイタリア系よ。ミとドとラ。ミドラ伯母さんっていうあだ名の由来がわかったでしょ？」

ジャンヌは車を飛ばし、明るい大通りをいくつも抜けていった。

「伯母さんの本名はサンドラ・ラフェルミ。あなたのお母さんの姉さんよ」

「母はいつ亡くなったの？」

「たしかあなたが八、九歳のころじゃないかしら。あなたはまず寄宿学校に入れられ、四年後、伯母さんに引き取られた。いずれわかるでしょうけど、伯母さんは若いころ、いかがわしい仕事をしてた。でもあなたと暮らしてたときはもう、大金持ちの貴婦人だったわ。あなたがはいている靴も、わたしがはいている靴も、伯母さんの工場で作られたものよ」

ジャンヌはわたしの膝に手を置き、その気になれば工場はわたしのものになると言った。ラフェルミはもう亡くなったからと。

「あなたは伯母さんが好きではなかったの？」

「さあ、どうかしら」とジャンヌは答えた。「でも、あなたのことは好きよ。そのほかはどうでもいいの。ラフェルミのところで働き始めたとき、わたしは十八歳だった。フィレンツェの作業場で、踵《かかと》に色を塗る係をしてた。身寄りもなく、自分で稼いで暮らさなければならなかったわ。一九四二年のことだった。ある日、伯母さんがやって来て、最初に貰ったのは平手打ちだった。すぐに返してやったけど。最後に伯母さんから貰ったのも平手打ち。でも、それは返さなかったわ。今年の五月、亡くなる一週間前だった。もう何か月も前から、伯母さんは死を予感していたけれど、だからって周囲の人たちにやさしくなったりはしなかったわね」

「わたしは伯母さんを好きだった?」

「いいえ」

わたしはまるまる一分間は黙っていた。写真で見た伯母さんの顔を思い出そうとしたけれど、うまくいかなかった。鼻眼鏡をかけ、車椅子に乗った老婆の顔を。

「わたしはドムニカ・ロイを好きだったの?」

「あの子のことは、誰だって好きにならずにはいられなかったわ」

「じゃあわたしは、あなたのことが好きだった?」

ジャンヌは顔をそむけた。走り去る街灯の光が、その目に映る。ジャンヌは思いきり肩をそびやかすと、そろそろ到着だとそっけない口調で言った。突然わたしは体が引き裂かれたような痛みを感じ、ジャンヌの腕を取った。その拍子に車が揺れ、わたしは謝った。きっとジャンヌは、揺れのせいで謝ったのだと思ったことだろう。

ジャンヌはわたしに凱旋門、コンコルド広場、チュイルリ公園、セーヌ川を見せた。モベール広場を過ぎ、セーヌ川に向かう小さな通りを抜けると、一軒のホテルの前で停まった。《ホテル・ヴィクトリア》というネオンサインが灯っている。

わたしたちは車のなかにいた。ジャンヌはホテルをよく見るようにと言ったけれど、いくら眺めても何も思い出さなかった。

「このホテルがどうかして？」

「あなたはよくここに来てたの。ドが泊まっていたホテルよ」

「帰りましょう」

ジャンヌはため息をつくと、そうねと答え、わたしのこめかみにキスをした。帰り道、わたしはジャンヌのスカートに頭をのせ、また眠ったふりをした。

ジャンヌはわたしの服を脱がしてお風呂に入れたあと、大きなタオルでごしごしと体を拭いた。それから新しい綿の手袋をさし出し、とりかえるようにと言った。今まで使っていた手袋は、濡れてびしょびしょだった。わたしたちは浴槽の端に腰かけた。ジャンヌは服を着たままで、わたしはネグリジェ姿だった。結局手袋は、ジャンヌにはずしてもらった。わたしは自分の手を見るなり、目をそむけた。

ジャンヌはわたしをダブルベッドに寝かせ、毛布を整えて明かりを消した。約束どおり、夜の十時だった。わたしの体についた火傷の跡を見てから、ジャンヌはずっと顔を曇らせていた。そしてひと言、だいぶきれいになったと言った。傷跡は背中に一か所、脚に二か所残っているだけだと。無理に平静を装っているが、ジャンヌにはわたしが見知らぬ人間のように思えてきたのではないか。

「ひとりにしないで。ずっと誰かといっしょだったから、ひとりが怖いのよ」

ジャンヌは隣にすわると、しばらくつきそってくれた。わたしは彼女の手に口をあて、眠り込んだ。ジャンヌは黙ったままだった。眠りに落ちる直前の、すべてが不条理で何もかもがありうる無意識の境界で、わたしは初めて思い当たったのだった。ジャンヌから聞いたことがわたしのすべてだ、ジャンヌが嘘をついていたら、それだけでわたしの存在も嘘になってしまうのだと。

「もういいかげん、説明してほしいわ。何週間も『あとでね！』って言われ続けているのよ。昨日《きのう》の夜、話したわよね。わたしが伯母さんを好きじゃなかったって。どうしてなのか教えて」

「だって伯母さんは、無愛想な人だったから」

「わたしに対して？」

「誰にもよ」

「でもわたしが十三歳のときに引き取ったんだから、わたしを愛していたはずでしょ」

「あなたを愛していなかったとは言ってないわ。それに自己満足もあったでしょうし。あなたにはわからないでしょうね。好きか嫌いか、それですべてを判断するんだから！」

「どうしてドムニカ・ロイは二月からいっしょにいたの？」

「あなたは二月に彼女と再会した。そのあと彼女は、あなたを追いかけまわした。なぜかって、それはあなたしかわからないことだけど！　わたしに何を言ってほしいの？　あなたは三日にいっぺんずつ、新しいものに熱をあげていた。車、犬、アメリカの詩人、ドムニカ・ロイ、みんな同じ気まぐれ。十八歳のとき、しがない勤め人とジュネーヴのホテルにしけ込んでるあなたを見つけ出した。二十歳のときは別のホテルで、ドムニカ・ロイといっしょだった」

「その娘はわたしにとって何だったの？」

「奴隷ね、ほかのみんなと同じように」

「あなたもそう？」

「わたしもよ」

「どういうこと？」

「別に、たいしたことじゃないわ。あなたはわたしの頭めがけて、スーツケースを投げつけた。それに花瓶も。あれは高くついたわね。そしてあなたは、奴隷を連れて立ち去った」

「どこから？」

「ロード＝バイロン通りのレジデンス・ワシントン四階、十四号室」

「わたしはどこに行ったの？」

「さあ、わたしの知ったことじゃないわ。伯母さんは亡くなる前、あなたにひと目会いたがっていた。だからわたしがひとりでもどると、十八年間で二度目の平手打ちを喰らわされた。その一週間後、伯母さんは亡くなった」

「わたしは帰らなかったのね？」

「ええ。まあ、噂くらいは聞いたわよ。あなたは馬鹿なことばかりしてたから、どうしたっていろいろ耳に入ってきたけれど、そっちからは一か月間音沙汰なしだった。ちょうどそれくらいでお金が尽き、けちなジゴロたちも不安になるほど借金がかさんできたんでしょうね。フィレンツェにいるわたしのところに、電報が届いたわ。『ごめんなさい、困ってる、お金がいるの。たくさんのキスを送ります。額、目、鼻、口、両手、足に。頼みを聞いて。泣いてます。あなたのミ』このとおりの電文よ。あとで見せてあげるわ」

わたしが着替え終えると、ジャンヌは電報を見せた。わたしは片足を椅子にのせ、立ったままそれを読んだ。手袋をはめた手ではストッキングをとめられないので、ジャンヌが代わりにとめてくれた。

「馬鹿みたいな電文ね」

「でも、いかにもあなたらしいわ。ほかにもいろいろあるのよ。『金送れ、ミ』とだけ書いてくることもあれば、同じ文面の電報を一日に十五通も送ってくることもある。わたしのいいところを並べ上げてね。あるいはわたしの性格を表わす形容詞を、気分に応じて細々と並べ上げたり。苛立たしいったらありゃしないわ。それにお金を使い果たした馬鹿娘には、ずいぶんものいりだったでしょうに。想像力が豊富だっていうのは、よくわかったけど」

「なんだかわたしのことを嫌ってたみたいな口ぶりね」

「あなたが電報にどんな言葉を並べたか、あえて言わなかったけど、相手の急所を突く術《すべ》をよく心得てるわ。はい、もう片方の脚。伯母さんが亡くなってからはお金を送らず、わたしのほうから出向いてみた。脚を椅子に上げなさいって。カデ岬に着いたのは、金曜日の午後だった。あなたは前の晩から酔っ払ってたわ。わたしはあなたにシャワーを浴びさせ、ジゴロと灰皿をからにした。ドも手伝ってね。あなたは三日間、口をきかなかったけど」

わたしは支度を終えた。ジャンヌは最後に、コートのボタンをかけてくれた。グレーのサージのコートだ。彼女が隣の部屋で自分のコートを着ると、二人で外に出た。なんだか悪夢でも見ているようだ。ジャンヌの言うことは、もうひと言だって信じられない。

車のなかでふと手を見ると、ジャンヌに渡された電報をまだ握りしめていた。これは彼女の話が嘘でない証拠だ。わたしたちはしばらく黙りこくったまま、はるかかなた、陰気な空の下に見える凱旋門に向けて車を走らせた。

「どこへ連れていくつもり？」

「ドゥラン先生のところよ。明け方、電話をしてきたの。うるさくて困るわ」

ジャンヌはわたしのほうを見て微笑むと、あらまあ悲しそうな顔して、と言った。

「わたし、あなたが話したようなミになりたくないわ。理解できないのよ。なぜだかわからないけれど、わたしはそんな人間じゃないって思うの。それくらい変わったたってことかしら？」

たしかにあなたはとても変わった、とジャンヌは答えた。

わたしは三日間かけて古い手紙を読んだり、ジャンヌがカデ岬から持ってきたスーツケースの中身を調べたりした。

わたしは自分自身を徹底的に知ろうとした。いつもそばにいるジャンヌにも、わたしが見つけたものの意味がわかりかねることがあった。男物のシャツについては、どうしてそんなものがあるのか説明できなかったし、グリップが螺鈿《らでん》張りになった装塡してある小型リボルバーなど、初めて見るものだという。知らない差出人の手紙もあった。

欠落部分は多々あるものの、少しずつ自分自身のイメージができてきた。しかしそれは、今のわたしと合致しなかった。わたしはそんなに愚かで虚栄心が強く、粗暴ではない。お酒を飲みたいなんて少しも思わないし、気のきかない使用人に手を上げたり、車の屋根で踊ったり、スウェーデン人競歩選手やきれいな目とやわらかな唇をした行きずりの男に抱かれようとも思わない。けれどもこうしたことは皆、あの火事のせいで理解が及ばなくなってしまったのかもしれない。とりわけ自分でも信じられないのは、ミドラ伯母さんが死んだことを知った晩にお祭り騒ぎをし、葬式にも行かなかった心の冷たさだ。

「いかにもあなたらしいわ」とジャンヌはくりかえした。「だからって、心が冷たいとは限らないでしょ。あなたのことはよく知ってる。とても不幸だったのよ。その気持ちを、馬鹿げた怒りで表わしていたのね。さらにここ二年は、相手かまわず露骨にベッドを共にしたがることで。結局あなたは、みんなインチキをしてるって思っていたんでしょう。十三歳のときなら、やさしさへの渇望とか親を亡くした子の悲しみとか母親の乳房への哀惜とか、聞こえのいい名前で言ってくれるけど、十八歳では汚らしい医学用語が使われる」

「わたしはそんな恐ろしいことを何かしたの？」

「恐ろしいんじゃない、子供じみたことよ」

「わたしの質問に、ちっとも答えてくれないのね！　勝手に想像させておいて。そうしたらわたしは、恐ろしいことばっかり考えてしまう。あなたはわざとそうしてるんだわ！」

「コーヒーを飲んで」とジャンヌは言った。

ジャンヌ自身も、わたしが最初の午後、最初の晩に抱いた印象とは違ってきていた。感情を表に表わさず、冷ややかになるばかりだ。わたしの言動には、何か彼女の気に障《さわ》るところがあるらしい。それで苦しんでいるのだろう。彼女は黙ってじっとわたしを見つめていたかと思うと、急に早口でしゃべりだし、火事の話やその一か月前、カデ岬で酔っ払っているわたしに再会したときの話を飽かずに何度もくりかえすのだった。

「だったら、そこに行ってみるのが一番よ」

「あと何日かしたら、行くことにしましょう」

「父に会いたいわ。どうして知り合いに会っちゃいけないの？」

「お父様はニースにいるの。でももうお歳だから、こんな状態のあなたに会ったらよくないわ。ほかの人たちについても、もう少し待ったほうがいいわね」

「わたしはいや」

「悪いこと言わないから。いいこと、あと数日で、突然何もかも思い出すかもしれないでしょ。お父様をあなたに会わせないようにするのが、そんなたやすいことだと思う？　お父様はあなたがまだクリニックにいると思ってるのよ。ハゲタカたちをみんな遠ざけておくのだって、簡単なことじゃないのよ。あなたが彼らに会うのは、すっかり治ってからにしたいの」

治るですって？　こんなに自分のことがわかったのに、まだ何も思い出さないのだから、治る見込みなんかないだろうに。ドゥラン先生のところにいたころ、治療といえば注射や電気ショック、目の光線照射、自動筆記だった。わたしは右手に注射を打たれ、自分で何を書いているのか見えないようスクリーンのうしろにすわらされた。持たされた鉛筆の感覚もなければ、自分の手の動きも感じられない。三ページ分もの文字をでたらめに書きつけているあいだ、ドゥラン先生と助手は南仏の太陽について、海の楽しみについてわたしとおしゃべりをしていた。二度にわたって行なわれたこの実験の結果わかったのは、手袋をはめているせいでわたしの筆跡がまったく変わってしまったことくらいだった。ドゥラン先生が言うには——今では彼のことも、ジャンヌ同様信じられないが——記憶を保っている《無意識の人格》を抑圧している不安が、こうした療法によって取り除かれるのだそうだ。わたしは自分が書いたものを読んでみた。それは脈絡のない、不完全な言葉だった。大部分は、最悪の状態でクリニックにいたころと同じ《混成語》だ。くりかえし現われるのは鼻、目、口といった言葉。なんだかジャンヌに送った電報を読みかえしているような感じだった。

馬鹿げている。

《見せ場》は四日目にやって来た。料理係は屋敷の向こう端にいて、手伝いの男は外出していた。わたしは相変わらず寒かったからだ。ジャンヌとわたしは居間の肘掛け椅子にすわり、暖炉の火にあたっていた。わたしは相変わらず寒かったからだ。午後の五時。わたしは片方の手に手紙や写真、もう片方の手にはからになったカップを持っていた。

ジャンヌは目の下に隈《くま》を作り、タバコをふかしていた。知り合いに会いたいとわたしが頼んでも、彼女はやはりうんと言わなかった。

「ただ会わせたくないだけ。あなたの知り合いが、どういう連中だと思ってるの？　天から舞い降りた天使だとでも？　こんなたやすい餌食《えじき》を、あいつらが黙って見過ごすはずないわ」

「わたしは餌食なの？　どうして？」

「理由はゼロがたくさん並んだ数字にあるわ。あなたはこの十一月で二十一歳になる。そうしたら伯母さんの遺言書が開封される。まあ、ゼロの数を数えるのには、遺言書の開封を待つまでもないけれど。何十億リラっていうお金があなた名義になるのよ」

「説明すべきじゃないの、そういうことをみんな」

「知ってるのかと思ってたわ」

「知らないわよ、なんにも！　知ってるはずないでしょ」

ジャンヌはそこで最初のヘマをした。

「わけがわからないのよ。あなたが何を知ってて何を知らないのか！　わたしには、もうさっぱり。ああ、眠れなくなりそう。お芝居をしてるんじゃないの？　あなたなら簡単にできるはずだわ」

「お芝居ですって？　どんな芝居を？」

「記憶喪失よ！」とジャンヌは言った。「いい考えよね。とってもいい考えだわ！　目に見える病巣や痕跡がなくても、本当の記憶喪失じゃないとは、本人以外の誰にも証明できないんだから」

ジャンヌも立ち上がっていた。まるで別人のようだ。けれどもすぐにまた、いつものジャンヌにもどった。明るい髪、金色の目、落ち着いた顔つき。細身の体にゆったりとしたスカートをまとい、頭ひとつ分わたしより大きい。

「あらやだ、わたし、何言ってるのかしら」

右手が動いたかと思うと、ぱしっという音が聞こえた。わたしはジャンヌの口の端をたたいていた。衝撃でうなじまで痛みが走る。わたしはジャンヌの上に倒れ込んだ。ジャンヌはわたしの肩をつかんで前に向け、胸に抱き寄せ押さえつけた。抜け出そうにも、腕が重くてどうにもならない。

「落ち着いて」とジャンヌは言った。

「放して！　どうしてわたしがお芝居なんかするっていうの⁈　何のために？　はっきり説明してもらうわ」

「落ち着いてちょうだい。お願いだから」

「わたしは馬鹿娘かもしれない。あなたにいやってほど聞かされたようにね！　でも、そこまで馬鹿じゃないわ！　目的は何？　説明して。放してちょうだい！」

「いいから落ち着きなさい！　大きな声出さないで！」

ジャンヌはうしろからわたしを抱きかかえたまま、力ずくで肘掛け椅子にすわり込んだ。片手でわたしの口をふさぎ、背後から顔を寄せる。

「何にも言ってないわ。みんな、意味のない無駄口よ。叫ぶのはやめて。人に聞かれるでしょ。この三日、どうかしてたの。あなたにはわからないでしょうけど！」

ジャンヌは第二のヘマをした。わたしの耳もとに口を寄せ、小声ですごみを利かせたのだ。わたしにはそのほうが、大声で叫ぶよりずっと怖かった。

「その気もないのに、三日でこんなに上達するわけないでしょ！　もしおぼえていなかったら、どうしてあの子みたいに歩いたり、笑ったり、話したりできるのよ？」

わたしはジャンヌの手のなかでわめいた。一瞬、目の前が真っ暗になり、目をあけたときにはカーペットに寝かされていた。ジャンヌが身を乗り出し、ハンカチでわたしの額を冷やしている。

「動いちゃ駄目よ」

ジャンヌの片頰には、わたしが殴った跡が残っていた。唇の端に少し血もにじんでいる。やはり悪夢じゃなかった。ジャンヌはわたしのスカートのベルトをはずし、抱きかかえるようにして立たせてくれた。そのあいだ、わたしは彼女をじっと見つめていた。向こうも怖がっているんだわ。

「さあ、これを飲んで」

何か強い飲み物を飲むと気分がよくなった。心を落ち着け、ジャンヌを見つめる。たしかにお芝居だってできそうだわ。やってやろうじゃないの、とわたしは思った。ジャンヌがカーペットにひざまずき、仲なおりのしるしにわたしを引き寄せたとき、思わず彼女の首に腕をまわした。彼女の涙の味を唇の上に感じて、わたしはびっくりした。ほとんど動転したといってもいい。

その晩は、なかなか眠れなかった。ベッドのなかでじっとしたまま、ジャンヌの言葉について何時間も考えた。わたしが記憶喪失のふりをするとしたら、ジャンヌから見てどんな動機がありうるのだろう？　わたしには説明のつけようがなかった。さらに不可解なのは、彼女が抱いている不安の正体だ。しかしジャンヌは確固たる理由があって、わたしをこの屋敷に隔離《かくり》しているはずだ。料理係の女も手伝いの男もわたしの知り合いではないこの屋敷に。でもその理由は、すぐにでも突き止められる。ジャンヌが昔の知り合いにわたしを会わせまいとしているなら、そのうちのひとりにこちらから会ってやればいい。そうすれば、彼女が恐れている事態になるのだから。しっかり見届けてやるわ。

まずはパリに住んでいる友人を見つけ出さなければ。わたしが選んだのは、「きみはずっとぼくのものだ」と手紙に書いてきた青年だった。封筒の裏に住所もある。名前はフランソワ・シャンス。シュシェ通りに住んでいる。ジャンヌが言うには弁護士だが、その名前とは裏腹に、昔のわたし、ミのことでは、あまり運《シャンス》がなかったそうだ。

明日になったら、ジャンヌの目を盗んで逃げ出そう。わたしはそのために立てた計画を、まどろみながら頭のなかで何度もくりかえした。そんな精神状態にあると、別な過去のひとこまが脳裏によみがえってくるような気がしたが、すぐにそれは消え去ってしまった。パリの通りで、白いフィアット一五〇〇から二十回目に降りているとき、眠りがわたしをとらえた。


わたしは車のドアをばたんと閉めた。

「どうかしてるわ！　待ちなさい！」

ジャンヌも車から降りると、歩道でわたしに追いついた。わたしは彼女の腕をふりほどいた。

「大丈夫。ただちょっと歩いて、ショーウインドーを眺めたいだけ。ひとりになりたいのよ！　わからないの？　どうしてもひとりになりたいんだって」

わたしは手に持っていたファイルを見せた。新聞の切抜きが落ちて、歩道に散らばった。ジャンヌは拾うのを手伝った。それは火事の記事だった。ドゥラン先生が、光線治療やロールシャッハ・テストといった徒労の末に渡してくれたものだ。そうやって一時間を無駄にするくらいなら、先生に本当の不安をぶつけて有効に使いたかった。けれどもジャンヌが、どうしても面談に立ち会いたがった。

ジャンヌはわたしの肩をつかんだ。大柄でエレガントで、昼の太陽に金髪を輝かせている。わたしは再び彼女から離れた。

「どうかしてるわ」とジャンヌは言った。「そろそろ昼食の時間よ。今日の午後は、ブーローニュの森を車でひと回りしようと思っていたのに」

「いやよ。お願いだから、ジャンヌ。どうしても歩きたいの」

「それじゃあ、わたしもついていくわ」

ジャンヌは引きかえすと、車に乗った。当惑しているものの、思ったほど腹を立ててはいないようだ。歩道を百メートルほど歩くと、オフィスか工場から出てきた若い娘の一団とすれちがった。それからわたしは通りを渡った。ランジェリー・ショップの前で立ち止まってあたりに目をやると、すぐそこでフィアットが二重駐車しているのが見えた。わたしはそちらに近寄った。ジャンヌは助手席に身を乗り出し、ウィンドーをさげた。

「お金をちょうだい」とわたしは言った。

「どうして？」

「買いたいものがあるのよ」

「ここで？　もっといい店に連れていってあげるわ」

「わたしはここがいいの。だからお金をちょうだい。たくさんいるわ。いろいろ欲しいものがあるから」

ジャンヌは仕方なさそうに眉をひそめた。子供じみた真似をしてと叱られるかと思ったが、結局彼女は何も言わなかった。そしてハンドバッグをあけると、なかにあったお札をすべて取り出し、わたしに手渡した。

「いっしょに選ばなくていい？　あなたに何が似合うか、わたしがいちばんよくわかってるわよ」

「ひとりで大丈夫」

店に入りかけたとき、うしろから「サイズは四十二よ」と叫ぶ声が聞こえた。わたしは入口に駆け寄ってきた店員に、木製のマネキンが着ているドレスと、ショーウインドーにあったスリップ、下着、セーターを指さした。

試着している暇はないのですぐに包んでほしい、包みは別々にしてほしいとわたしは言った。それからドアをあけてジャンヌを呼んだ。ジャンヌはうんざりしたような顔で車を降りた。

「お金が足りないわ。小切手で払ってくれる？」

ジャンヌは先に立って店に入った。彼女が小切手に数字を書き込んでいるあいだに、わたしは準備できた包みをいくつか受け取り、車に運んでいるからと言って店の外に出た。

そしてコートのポケットに用意してあったメモをフィアットのダッシュボードに置いた。

《ジャンヌ、心配しないで。さがさないでね。ちゃんと家に帰るから。さもなければ、電話するわ。わたしのことは大丈夫。あなたが何を恐れているのかはわからないけれど、この前たたいたところにキスをします。あなたが好きだし、たたくなんて悪いことだもの。わたし、あなたの嘘どおりになってきたみたい》

遠ざかろうとしたら警官がやって来て、二重駐車をしてはいけないと言った。こんな車は知らない、関係ないとわたしは答えた。

わたしは殺したかもしれません

タクシーはわたしをシュシェ通りで降ろした。大きな窓のあいた、真新しい建物の前だ。入口の表札には、目当ての名前があった。わたしはなぜかエレベータを使うのが怖くて、四階まで歩いて上った。そして躊躇《ちゅうちょ》することなくドアの呼び鈴を押した。友人、愛人、恋人、ハゲタカ。それが何だっていうの？

ドアがあくと、三十歳くらいの男がいた。背が高く、グレーの服を着て、なかなかハンサムだ。奥から何事か議論する声が聞こえた。

「フランソワ・シャンスさん？」

「シャンスは別室で昼食中です。お会いになりたいんですか？　約束があるなんて聞いてませんが」

「約束はしてません」

男はためらいながらも、なかに通してくれた。広い玄関には家具もなければ額ひとつなく、ドアはあけたままだった。前に会ったとは思えないのに、男は足の先から頭のてっぺんまで、わたしを妙な目つきで眺めまわした。あなたはどなたですか、とわたしはたずねた。

「おや、ぼくが誰かですって？　そういうあなたは？」

「わたしはミシェル・イゾラ。退院したばかりです。フランソワとは知り合いなので、会ってお話ししたくて」

うろたえたような目をしたところを見ると、この男もミシェル・イゾラを知っているらしい。彼は疑わしそうに二度首を振ると、ゆっくり離れながら「ちょっと失礼します」と言って、奥の部屋に駆け込んだ。しばらくすると、彼は年配の男を連れてもどってきた。もっと太って見栄《みば》えも悪く、テーブル用のナプキンを手に持ったまま、まだ口をもぐもぐさせている。

「ミッキー！」

歳は五十歳くらいだろうか、額の端が禿げ上がり、顔の皮膚がたるんでいる。彼はドアをあけてくれた若い男にナプキンを手渡すと、つかつかとわたしのそばに寄ってきた。

「さあ、そんなところに立ってないで。どうして電話してくれなかったんだ？　こっちに来て」

彼はわたしを部屋に通し、ドアを閉めた。それからわたしの肩に手をかけ、ぐっと腕を伸ばした。わたしは何秒間か、この試練に耐えねばならなかった。

「いやはや、驚いたな。実に驚きだ！　正直、きみだとはわからなかったよ。でもきれいだ。とても元気そうだし。かけたまえ。話を聞かせてくれ。記憶はまだ？」

「ご存じなんですか？」

「もちろん知ってるさ！　おとといもミュルノから電話を貰った。彼女はいっしょじゃないのかね？」

この部屋はオフィスらしい。大きなマホガニーのテーブルには書類が山積みになり、どっしりとした肘掛け椅子や本の詰まったガラス扉つきの書棚が並んでいる。

「いつクリニックを退院したんだ？　今朝か？　まさか、おかしなことをしでかしたんじゃないだろうな？」

「あなたは誰？」

彼はわたしの前にすわり、手袋をしたままの手を取った。わたしの質問に困惑しているらしい。しかし表情から察するに――そこには驚き、好奇心、そして悲しみがあった――すぐさま質問の意味を理解したようだ。

「誰だかわからずに、会いに来たってわけか？　何があった？　ミュルノはどこだ？」

「ジャンヌはわたしがここに来たことを知りません」

彼にとっては驚きの連続なのだろう。けれども事態はわたしが思っているより、ずっと単純なはずだ。彼はわたしの手をはなした。

「わたしのことをおぼえていないのなら、どうやってここの住所を知ったんだね？」

「あなたの手紙で」

「手紙って、どんな？」

「クリニックで受け取った手紙です」

「手紙なんか書いていないが」

今度はわたしが目をぱちくりさせる番だった。彼は動物でも見るようにわたしを見つめた。わたしの記憶ではなく理性を疑っているのだと、はっきり顔に書いてある。

「ちょっと待ってなさい」と彼は急に言った。「そこを動くんじゃない」

わたしも同時に立ち上がって、電話に向かう彼の行く手をさえぎった。思わず声を荒らげ、叫びだしていた。

「電話なんかしないで！　手紙を受け取ったのよ。封筒に住所が書いてあったわ。あなたが誰なのか知るために来たんです。あなたなら、わたしが誰なのか教えてくれるだろうと思って！」

「まあ、落ち着いて。何の話だかわからないのだが。ミュルノに無断で来たなら、彼女に電話しておかなければ。どうやってクリニックを抜け出したのかは知らないが、誰の許可も取っていないのだろうからね」

彼はまたわたしの肩を押さえ、肘掛け椅子にまたすわらせようとした。こめかみのあたりは真っ白だが、頰に突然赤みがさした。

「お願いだから、きちんと説明してください！　馬鹿げたこともいろいろ考えたけれど、わたしは頭がおかしいんじゃないわ。お願いです」

わたしは頑としてすわるまいとした。彼もとうとうあきらめたのだろう、テーブルの上にある電話のほうへまた行きかけた。わたしはその手をつかんだ。

「落ち着いて。きみが困るようなことはしやしないさ。何年も前からの知り合いなんだから」

「あなたは誰なんです？」

「フランソワ！　弁護士だ。ラフェルミの事業の顧問をしている。《記録簿》の一員さ」

「《記録簿》って？」

「金勘定の記録だよ。ラフェルミのために働いている者は、みんなそこに載っている。つまり、支払いの記録簿に載っている者のことだ。わたしは友人といってもいい。まあ、話せば長くなるがね。彼女の会社がフランスで結ぶ契約については、わたしが一手に請け負っている。わかったかね？　さあ、すわって」

「火事のあと、わたしに手紙を書いたことは？」

「ないね。遠慮してほしいとミュルノに言われてたから。みんなと同じように、きみの様子は聞いていたが、手紙は書いていない。どんな手紙を書いたっていうんだ？」

「わたしはずっとあなたのものだって」

文面をくりかえしながら、自分でもおかしいと気づいた。わたしの父親と言ってもいいくらいの、あごがだぶついたこの男が、そんな手紙を書いてくるはずない。

「何だって？　馬鹿ばかしい！　ありえんじゃないか！　その手紙は、今どこに？」

「持ってきていません」

「いいかね、ミッキー。きみの頭のなかがどうなっているのかはわからないが、状態が状態だから、おかしな想像をしないとも限らない。ともかく、ミュルノに電話させてくれないか」

「でもジャンヌなんです、あなたに会いに来ようと思ったきっかけをつくったのは。わたしはあなたからラブレターを受け取った。そしたらジャンヌがこう言った。わたしのことは、あなたに運《シャンス》がなかったって。それでもわたしが、勝手な想像をしてるって言うんですか？」

「ミュルノはその手紙を読んだのかね？」

「さあ、どうだか」

「わからないな。きみのことでわたしに運がなかったとミュルノが言ったのは、きみがそんな言葉遊びをしょっちゅうしていたからだろう。彼女が言わんとしていたのは、きっと別なことだったんだ。たしかにきみのせいで、いろいろ困らされたからな」

「困らされたって？」

「まあ、それはいい。その場しのぎの借金とか、へこんだフェンダーとか、たいしたことじゃないから。おとなしく腰かけて、わたしに電話させてくれ。それはそうと、昼食はまだなんだろ？」

もう一度引き止める気力はなかった。弁護士の男がテーブルの向こうに回り、ダイヤルしているあいだに、わたしはドアのほうへゆっくりあとずさりした。彼は受話器の向こうで響く呼び出し音を聞きながらも、わたしから目を離そうとしなかった。けれども本当は、ろくに見ていないはずだ。

「ミュルノは今、きみの家にいるのかな？」

彼はいったん電話を切り、またダイヤルしなおした。わたしの家だって？　ジャンヌはわたしをどこに置いているのか、彼にも話していないはずだ。それが証拠に、彼はわたしが今朝退院したものと思っていた。ジャンヌはわたしを連れに来る前に、《わたしの家》だという場所で何週間も暮らしていた。彼が電話をしているのはそこなんだ。

「誰も出ない」

「どこに電話しているんですか？」

「もちろんクールセル通りさ。ミュルノは昼食に出たのかな？」

背後で「ミッキー！」という叫び声が聞こえたとき、わたしはもう玄関で入口のドアをあけていた。こんなに足が重く感じられたことはない。けれども階段のステップは広くて、ミドラ伯母さんのパンプスは歩きやすく、わたしはころばずに下りることができた。

わたしはポルト・ドートゥイユ近くのひとけのない通りをいくつも抜け、十五分ほど歩いた。ふと気づくと、ドゥラン先生がくれた切抜きのファイルをまだかかえていた。わたしはショーウィンドーの鏡の前で立ち止まり、ベレー帽が乱れていないか、自分が犯罪者のように見えないかを確かめた。やつれているが落ち着いた様子の、身だしなみのいい娘が映っている。するとその背後から、フランソワ・シャンスの家でドアをあけた青年が現われた。

わたしはあいているほうの手を思わず口をあてた。はっとしてふり返った拍子に、肩から頭のてっぺんまで激痛が走った。

「怖がらなくていいさ、ミッキー。ぼくは友達だ。話があるから、こっちへ来て」

「あなたは誰？」

「怖がらなくていい。頼むから、こっちへ。話をするだけだ」

男はそっとわたしの腕をつかんだ。わたしは抵抗はしなかった。フランソワ・シャンスのところまでは距離があるから、無理に引っ張っていくわけにもいかないだろう。

「あとをつけてきたの？」

「ああ。さっききみが来たときは、あわてちまってね。きみだとはわからなかった。そっちもぼくのことがわからなかったみたいだし。ビルの前に停めた車で、待っていたんだ。でもきみがあんまり急ぎ足で出てきたものだから、声をかけられなくて。そのあときみは、一方通行の通りに曲がったんで、見つけるのに苦労したよ」

男はわたしの腕をしっかりとつかんだまま、さっき横切ったばかりの広場に停めた黒い車の前まで行った。

「どこに連れて行くつもり？」

「お好きなところへ。昼食はまだなんだろ？《シェ・レーヌ》はおぼえてる？」

「いいえ」

「レストランさ。よく行ったじゃないか、二人で。ミッキー、本当に怖がらなくていいから」

男はわたしの腕を握りしめると、早口でこう言った。

「ぼくだったんだ、さっききみが会いに来た相手は。もうきみはもどってこないものと思ってた。知らなかったからね。まさか、その……記憶喪失だなんて。何をどう考えたらいいやら、わからなくなってしまった」

彼は陰鬱に輝く目と、こもっているが心地よい声をしていた。神経質らしいところが、その声によく合っている。押し出しは強いが、不安にさいなまれているらしい。なぜかわたしはこの男に反感を抱いたが、もう恐ろしくはなかった。

「ドアの陰で立ち聞きしてたのね？」

「玄関からでも聞こえたさ。さあ、乗って。あの手紙を書いたのはぼくなんだ。ぼくの名前もフランソワでね。フランソワ・ルッサン。住所のせいで混同したんだな……」

わたしが車の助手席にすわると、彼は昔どおりの気安い口調で話してくれと言った。うまく考えがまとまらない。男が車のキーを出してエンジンをかけるのを、わたしはじっと見つめていた。驚いたことに、その手は震えていた。もっと驚いたことに、わたしは震えていなかった。恋人だったというなら、この男を愛していたはずだ。わたしに再会して、彼が緊張しているのも当然だろう。なんだか足の先から頭まで、痺《しび》れたようにぐったりとしてきた。わたしが震えているとすれば、それは寒さのせいだ。寒さのほかは、何ひとつ現実感がなかった。

コートはずっと着たままだった。ワインで体が温まるような気がして、飲みすぎてしまった。おかげで意識が朦朧《もうろう》としている。

フランソワ・ルッサンと出会ったのは去年のこと、彼が働いているシャンスのところでだったという。わたしは秋に十日ほどパリで過ごした。二人の関係が始まったころのことを、フランソワは話してくれた。その口ぶりから察するに、気まぐれの恋の相手は彼が初めてではないらしい。わたしは彼に仕事をおっぽり出させ、ミリ＝ラ＝フォレのホテルに連れ込んだ。わたしはフィレンツェに帰ると、彼に熱烈な手紙を書いた。あとで見せてくれるという。もちろん彼のことは本気ではなかったが、虚勢を張る気持ちもあったし、遠く離れているせいで毎日飽き飽きしていたからだ。伯母さんを言いくるめて、フランソワをイタリアに出張させようとしたけれど、うまくいかなかった。今年の一月、わたしがパリに来たときに二人は再会し、いっきに情熱が燃え上がった。

恋物語の終わりは——というのも火事という形で、否応なしに終わりはやって来たのだから——なんだか曖昧模糊《あいまいもこ》としていた。ワインの酔いが回ったせいもあるだろう。けれどもドムニカ・ロイが登場してから、事態はますますこじれていった。

言い争っては約束をすっぽかし、また言い争ってフランソワに平手打ちを喰らわす。次の口論では怒りのあまり、平手でなく拳でドを殴った。ドはひざまずいて許しを請い、殴られた跡が一週間消えなかった。本筋とは直接関係のない、付随的なエピソードもあって、そこではフランソワかわたしか、あるいはドが、何か無神経なことをしでかしたのだった。さらには、もはや何がどう結びつくのかわからないような話もあった。嫉妬、エトワール広場のナイトクラブ。悪魔のような女（ド）が怪しげな影響力を発揮して、わたしと彼（フランソワ）を引き離そうとし、二人は六月にMGに乗って突然パリを離れた。手紙を書いても音沙汰なし。ドラゴン（ジャンヌ）の帰還。悪魔のような女はドラゴンに対しても、徐々にその怪しげな支配力を発揮した。パリとカデ岬のあいだで話した電話の心配そうな声（わたしの声）。それが二十五分も続いたせいで、彼が大枚をはたいたこと。

フランソワは食事もそこそこに、ひたすら話し続けた。二本目のワインを注文し、頭に血を上らせ、何本もタバコをふかした。彼の話はみんな嘘くさいとわたしは感じていた。彼もそれに気づいたのだろう、ひと言話すごとに「本当に」とつけ加えるようになった。わたしは白けた気分になった。ふとジャンヌのことを思ったら、テーブルクロスの上で腕のなかに顔を伏せ、眠るかすすり泣くかしたくなった。ジャンヌならわたしを見つけ出し、頭にベレー帽をかぶせて、遠くに連れていってくれるだろうに。このこもった不快な声からも、ナイフやフォークのかちゃかちゃいう音からも、目にしみるタバコの煙からも離れたずっと遠くに。

「帰りましょう」

「もう少しいいだろ。まだ行かないで！　事務所に電話しなくちゃならないし」

こんなにも体がぐったりして、すてばちになっていなければ、さっさと立ち去っていただろう。わたしはタバコに火をつけたが、気分が悪くなってすぐに皿の上でもみ消した。話し方がもっと違っていれば、彼の言うことをこれほどおぞましいとは思わず、事の次第が把握できたのかもしれない。はたから見る限り、何もかも嘘っぽかった。けれどもその軽薄な娘が心の奥に秘めていた思いは、わたしにしかわからないことだ。記憶がもどってみても、ひとつひとつの出来事は聞かされたとおりかもしれない。しかしその出来事が持つ意味は、違っているはずだ。

フランソワは再びわたしの腕を取り、ガラス扉をあけた。セーヌ川岸には陽光があふれている。わたしが助手席にすわると、車は坂道を走り抜けた。

「どこに行くの？」

「ぼくの家さ。なあ、ミッキー、どうやらぼくの言い方がまずかったらしい。忘れてくれ。きみがひと眠りしたら、あらためて話そう。たしかにショックだろうね。あんなびっくりするようなことばかり聞かされたら、気が動転しても無理はない。でも早計な判断で、ぼくのことを誤解しないでほしいんだ」

前にジャンヌがしたように、フランソワは運転しながら片手をわたしの膝に置いた。

「ともかく、またきみに会えて本当によかった」

目を覚ましたとき、あたりは暗くなりかけていた。こんなに激しい頭痛は、クリニックにいた最初の数日以来だった。フランソワはわたしの腕をゆすった。

「コーヒーをいれたよ。今持ってくる」

そこはカーテンを引き、ちぐはぐな家具が並んだ部屋だった。わたしはスカートにセーター姿で脚に毛布をかけ、ソファベッドに寝かされていた。フランソワがベッドの支度をしているところが、目に浮かぶようだ。目の高さにある小さなテーブルに、銀の額に入れたわたしの写真があった。というか、少なくとも以前のわたしの写真が。ベッドの正面にある肘掛け椅子の足もとに、ドゥラン先生のくれた新聞の切抜きがカーペットに散らばっていた。わたしが眠っているあいだに、フランソワはそれを読んだに違いない。

フランソワが湯気の立つカップを手にもどってきた。コーヒーを飲んだらすっきりした。フランソワはそんなわたしの様子を、微笑みながら眺めていた。上はシャツ一枚でズボンのポケットに両手をつっ込み、自己満足に浸っているのがよくわかる。わたしは腕時計に目をやったが、それは止まっていた。

「長いこと眠ってた？」

「今、六時だ。気分はどう？」

「まだ何年だって眠れそう。頭が痛いわ」

「どうしたらいいかな？」と彼はたずねた。

「さあ」

「医者を呼ぼうか？」

フランソワはわきに腰かけると、わたしがまだ両手で持っていたからのカップをつかみ、カーペットの上に置いた。

「ジャンヌを呼んだほうがいいかもしれない」

「ここにも医者が住んでるけれど、ぼくは電話がないからな。それに正直なところ、ジャンヌにはここに来てほしくないんだ」

「嫌いなの？」

フランソワは笑ってわたしを抱きしめた。

「きみらしいな。ちっとも変わってない。誰のことだって、好きか嫌いかなんだ。いや、動かないで。こんなふうに過ごしたあとなんだから、少しぐらいきみを抱いててもいいはずだ」

彼はわたしの頭を押し下げ、髪を撫でると、うなじにそっとキスをした。

「たしかに嫌いだね。きみときたら、博愛主義者っていうか。あの哀れな娘のことだってそうさ。でも彼女は……」

フランソワはキスを続けながら、カーペットの上の切抜きを片手で指し示した。

「記事を読んだ。話には聞いていたけれど、詳しく知ってあらためてぞっとしたよ。えらいもんだな、あの娘を救おうとしたなんて。ちょっと髪を見せて」

わたしは手でさっと頭を押さえた。

「駄目よ。やめて」

「手袋をはめていなくちゃいけないのかい？」

「お願いだから」

彼は手袋をはめた手にキスをすると、やさしくその手をのけて髪にキスをした。

「いちばん変わったのはここだな。髪の毛だ。さっき食事をしているとき、知らない女と話しているような気が何度もしたよ」

そしてわたしの顔を両手で押さえ、間近からしばらくじっと見つめた。

「でも、たしかにきみだ。ミッキーだ。寝顔を見たよ。ほら、きみの寝顔なら何度も見たことがある。さっききみは、同じ顔をしていた」

彼はわたしの口にキスをした。最初は軽く唇が触れるくらいに。それからわたしの反応を見てじっくりと。体から力が抜けていく。けれども、昼食のときのだるさとはまったく違っていた。まるで手足をそっと引き裂かれるようだ。この感覚は入院の前、白い閃光の前、いつとは知れない過去からよみがえってくるのだ。わたしはじっと動かず、注意を傾けた。キスのなかにすべてが見つかるのでは？　そんな馬鹿げた期待を抱いていたのだろう。わたしは息が続かなくなって、体を離した。

「これでぼくのことを信じられるかい？」とフランソワはたずねた。

彼は満足げな笑みを浮かべた。褐色の前髪がぱらりと額に垂れている。このひと言で、すべてが損なわれてしまった。わたしはさらに体を離した。

「わたし、前にもこの部屋によく来てたの？」

「よくは来てなかったな。ぼくのほうからきみのところに行ってたから」

「それはどこ？」

「ロード＝バイロン通りのレジデンスさ。そのあと、クールセル通りにも。そうだ、証拠もある！」

フランソワはいきなり立ち上がると、引き出しをあけた。それからわたしのわきにもどり、小さな鍵の束をさし出した。

「クールセル通りに引っ越したとき、きみがくれたんだ。夕食をいっしょにできなかった晩も、あとからそこで落ち合ってた」

「アパルトマンなの？」

「いや、小さな一軒家さ。とてもきれいな家でね。いずれミュルノが連れていってくれるだろう。なんなら、ぼくがいっしょに行ってもいい。楽しかったな、あのころは」

「話して」

彼はまたにっこりすると、わたしの体に腕をまわした。わたしは鍵を握りしめたまま、ベッドに押し倒された。

「話すって、何を？」

「わたしたちのこと。それにジャンヌやドのことも」

「ぼくたちのことなら話しても面白いけれど、ミュルノのことなんて願いさげだな。それにもうひとりの女のことも。ぼくがあそこに行かなくなったのは、あの女のせいなんだから」

「どうして？」

「あいつがたくらんだのさ。きみがあいつを連れてきてからというもの、何もかもおかしくなった。きみは頭がどうかしてた。馬鹿な考えに取り憑《つ》かれて」

「それはいつのこと？」

「さあ、いつだったか。あげくのはてに、二人して南仏に行ってしまい……」

「どういう子だったの？」

「いいかい、彼女は死んだんだ。死者の悪口は言いたくない。それに彼女がどんな人間だったかなんて、どうでもいいじゃないか。ともかくきみの捉え方は、まったく違っていた。やさしくて、愛情にあふれ、きみのためならたとえ火のなか水のなか。そういう女だときみは思っていたんだ。それにとても頭がいいって。たしかに頭はよかったろうさ。きみやミュルノをうまいこと丸め込んでたからな。もしかしたらラフェルミばあさんだって、もう少しで口説き落としてたかもしれない」

「彼女は伯母さんと会ってたの？」

「さいわい、それはなかった。でも伯母さんが亡くなるのがあと一か月遅かったら、間違いなく渡りをつけて、分け前にありついていただろうさ。きみは彼女を連れていくつもりだった。あの女、イタリアに行きたがってからな」

「彼女がたくらんであなたを来させまいとしたって、どういうこと？」

「ぼくが邪魔だったんだ」

「どうして？」

「知るもんか！　あの女、きみがぼくと結婚すると思ってた。きみはぼくらの計画を、あいつに話すべきじゃなかったんだ。それにぼくたちも、今こんな話をしてるべきじゃない。やめにしよう」

フランソワはわたしの首筋や口にキスをした。けれどもわたしはもう何も感じず、ぐったりと横になったまま考えをまとめようとしていた。

「火事のとき、わたしが彼女を救い出そうとしたのはえらいって、どういうこと？」

「ぼくだったら、彼女を見殺しにしてただろうからね。それにまあ、いろいろあるさ。こんな話やめにしようよ、ミッキー」

「いろいろって？　知りたいわ」

「火事のことを知ったとき、ぼくはパリにいた。何が起きたのか、よくわからなかった。あれこれ想像したよ。ぼくには事故だとは思えなかった。つまりその、偶然の事故だとは」

わたしはしばらく声も出なかった。彼は頭がどうかしてる。こんなおぞましいことを言うなんて。そのあいだにも、彼は片手でわたしのスカートをゆっくりとたくし上げ、もう片方の手でセーターの襟のボタンをはずした。わたしは起き上がろうとした。

「さわらないで」

「そうかい？　きみこそ、つまらない考えはやめろよ」

フランソワは、またわたしをぐいっとベッドに押し倒した。太腿をまさぐる手をのけようとしたけれど、逆にわたしの手が払われてしまった。激痛が走る。

「やめて！」

「聞くんだ、ミッキー……」

「どうしてあれは事故じゃないと思ったのよ？」

「落ち着けったら！　ミュルノのことを知ってたら、事故だなんて信じられるわけないだろ！　三週間もあそこにいて、彼女がガス管の接続不良を放っておくはずないじゃないか！　断言したっていい。接続は完全だったろう」

わたしは力いっぱい抵抗したが、フランソワは放そうとしなかった。もがけばもがくほど、彼も手荒にやり返した。セーターの襟元が裂ける。そこで彼ははっとわれに返り、わたしが泣いているのを見て手をはなした。

わたしはコートと靴をさがした。フランソワが何か言っているが、耳に入っていなかった。新聞の切抜きを集め、ファイルにもどす。気がつくと、フランソワに渡された鍵をまだ手に持っていた。わたしはそれをコートのポケットに入れた。

フランソワはわたしの行く手をさえぎろうと、ドアの前に立っていた。顔は引きつらせているものの、妙に神妙な様子だ。わたしは手の甲で涙をぬぐうと、また会いたかったらそこを通してと言った。

「どうかしてたんだ、ミッキー。本当にどうかしてた。何か月もきみのことばかり考えていたから。自分でもわけがわからない」

フランソワは階段の上に立ったまま、わたしが下りていくのを見つめていた。悲しげで、醜く、貪欲な嘘つき。彼もハゲタカのひとりだ。

さっきから、もうずいぶん歩いている。わたしは通りから通りへとさまよい続けた。考えれば考えるほど、わけがわからなくなった。痛みがうなじから背骨に沿って、背中全体へと広がっていく。そのあとあんなことがあったのも、たぶん疲れのせいだろう。

最初はタクシーを拾うつもりで歩いていたのに、いつのまにかただ歩いているだけになった。もうヌイイにもどってジャンヌに会う気は、なくなってしまったから。電話することも考えたけれど、ガス管の接続についてたずねずにはいられないだろう。ジャンヌが嘘じゃないと言っても、信じられないかもしれない。それが自分で恐ろしかった。

冷えた体を温めようと、カフェに入った。支払いのとき、ジャンヌがたくさんのお金をくれたことに気づいた。数日間はゆうに生きていける。生きるというのは、今この瞬間、たったひとつのことしか意味していない。横になって眠ることだ。それにできれば体を洗い、服や手袋を取り替えたかった。

さらにしばらく歩いたあと、モンパルナス駅近くのホテルに入った。荷物はないのか、バスつきの部屋がいいかとたずねられ、宿泊カードの記入を求められた。料金は前払いですませた。

部屋係の女について階段を上りかけたとき、受付から支配人が呼び止めた。

「ロイ様、明日の朝は何時にお起こしすればよろしいですか？」

いいえ、起こさなくていいわ、とわたしは答えた。その瞬間、体じゅうが凍りついて思わずふり返った。恐怖で胸がしめつけられる。初めからわかっていたことじゃないか。ずっと前から、ずっとずっと前から、わかっていたことなんだ。

「今、何て呼びました？」

支配人はわたしが書き入れた宿泊カードに目をやった。

「ロイ様ですよね？」

わたしは階段を下りて、受付にもどった。心のうちに込み上げる恐怖を、なんとか抑えようとしながら。まさか、そんなはずない。単なる言い間違い、《混成語》みたいなものだ。二時間前に彼女のことを話していたから、疲れているからだ……。

たしかにわたしは黄色い紙に、こう書いていた。《ロイ、ドムニカ・レラ・マリ。一九三九年七月四日、ニース（アルプ＝マルティーム県）生まれ。フランス人。銀行員》と。

サインは読みやすかった。ドロイと一語で書かれ、そのまわりを楕円でぐるりと囲んであった。

わたしは服を脱ぎ、浴槽にお湯を張った。入浴の前に手袋を脱いだけれど、素手で体を触るのがいやでまたはめなおした。

わたしはゆっくりと、ほとんど落ち着きはらって行動した。あまりに虚脱した状態では、意気消沈しているのも落ち着いているのも、たいして変わらなくなる。

何をどう考えたらいいのかわからず、わたしは考えるのをやめた。気分は最悪だったけれど、温かいお湯は気持ちよかった。そうやって一時間も浸かっていただろうか。腕時計は止まったままだったので、風呂から出たときも午後三時をさしていた。

わたしはホテルのタオルで体を拭くと、ひりひりする手で下着と濡れた手袋をつけた。クローゼットの鏡に、細い腰をした操り人形のような姿が映っている。操《あやつ》り人形はいつになく作り物じみた顔をし、裸足《はだし》で部屋を歩き回っていた。鏡に顔を寄せると、眉や小鼻、あご、耳の下に走るおぞましい線が、入浴のせいでくっきりと浮かび上がっていた。髪の毛のあいだに見える傷跡は赤茶色にふくらんでいる。

わたしはベッドに倒れ込むと、頭をかかえてじっとしていた。顔と手を自ら火で焼いた娘のことだけを考えながら。

そんなことがありうるだろうか？　そこまでする勇気を持てるものだろうか？　ふと見ると、すぐ目の前にドゥラン先生が渡してくれたファイルがあった。

今朝、初めて記事に目を通したときには、ジャンヌの話と何も矛盾は感じなかった。ところが今、読みかえしてみると、どうでもいいように思えた事柄が妙にひっかかった。

ドムニカ・ロイの生年月日も、レラ・マリというミドルネームも、記事には載っていない。ただ彼女は二十一歳だったと書かれているだけだ。けれども、火事が起きた七月四日は奇しくも亡くなった被害者の誕生日だったと書き添えられていた。きっとわたしはドの名前や生年月日を、本人に負けず劣らずよく知っていたのだろう。イゾラと書こうとしてロイと書いてしまったのも、ありえない話ではない。あのときは疲れていたし、ドのことが気にかかっていたから。いっときはそう考えてみたものの、あれほどドになりきって宿泊カードを記入し、小学生みたいなぎごちないサインまでしたのは説明がつかない。

心のなかに、また次々と反論が浮かんだ。ジャンヌが間違えるはずないわ。彼女は退院した晩から、わたしの入浴を何度も手伝ってくれた。それに何年も前から、養母みたいにわたしのことをよく知っていた。いくら顔が変わっても、わたしの体つきや動作や声は変わっていないはずだ。たしかにドはわたしと同じくらいの背たけで、同じ目の色、同じ黒い髪をしていたけれど、ジャンヌが二人を取り違えるとは思えない。背中や肩の線、脚の形で、わたしだとわかるだろう。

《わたしだとわかる》という言葉が、頭にこびりついた。奇妙だわ。まるで認めまいとしていた説明のほうへ、いつのまにか目が向いていたかのようだ。宿泊カードを読みかえして気づいたことだって、ここ数日、明らかな予兆を感じながらずっと拒絶してきたのに。

わたしはわたしじゃない! 過去の記憶を取りもどせないのは、そのいい証拠じゃないの。わたしとは別の誰かの記憶など、どうやって取りもどすというのだろう?

そもそもジャンヌには、わたしが誰だかわからなかったのだ。彼女はわたしの笑い方に驚いていた。わたしの動作や何かのちょっとした違和感は、怪我が回復してきたせいにしていたが、それでも彼女は不安に駆られ、だんだんよそよそしくなっていった。

　今日、ジャンヌから逃れてまで知ろうとしていたのは、このことだったんだ。「ああ、眠れなくなりそう」とか「どうしてあの子みたいにできるのよ？」とジャンヌは言っていた。わたしの振舞いは、ドムニカみたいだったのか！　ジャンヌもわたしと同じく、それを認めようとしなかった。けれどもわたしの一挙手一投足に苦しみ、夜ごと疑惑にさいまれては目の下の隈を作ったのだ。

　しかしよく考えると、この推理にはひとつ辻褄の合わないところがある。火事の晩の状況だ。ジャンヌは現場にいた。彼女は階段の下に倒れていたわたしを抱き起こし、ラ・シオタやニースへも付き添っていっただろう。それに焼け死んだ娘の死体だって、頼まれて両親より先に身元確認をしている。たとえ焼けただれていても、わたしが誰かはわかったからだ。赤の他人ならいざ知らず、ジャンヌに限って誤解するはずない。

　だとしたら、話は逆なのかもしれない。もっと恐ろしいが、もっと単純なことなのかも。

《あなたはお芝居をしているのかもしれないでしょ？》ジャンヌは恐れていた、わたしを恐れていたんだ。わたしがだんだんとドのようになっていくからではなく、**わたしがドであるのを知っていたから！**

ジャンヌは火事の晩からすでに知っていた。なのにどうして黙っていたのか？　どうして嘘をついたのか？　わたしはそれを考えたくなかった。ジャンヌは生き残った娘と死んだ娘をわざと取り違え、ミドラ伯母さんの遺言書が開封されるまで、なんとしてでも相続人が生きていることにしたかった。そんなこと、想像するだけでも汚《けが》らわしい。

ジャンヌは口をつぐんでいたが、その嘘を知っている証人がいる。生き残ったほうの娘だ。だからこそ彼女は眠れなくなったのだ。彼女は証人を隔離した。証人がお芝居をしているにせよ、そうでないにせよ、ともかく嘘をつき続けなければならない。彼女は自分の間違いにも記憶にも確信が持てなくなった。何ひとつ、確信が持てない。三か月も会っていなかったのに、そのあと三日間だけまたいっしょに暮らしただけで、笑い方やほくろの位置が昔のままだとわかるはずがない。彼女はすべてを恐れねばならなかった。まずは死んだ娘の知り合いで、偽装を見破るかもしれない人々を。そして、とりわけわたしを。だからわたしを、まわりから遠ざけたのだ。記憶を取りもどしたとき、どう反応するかわからなかったから。しかしここにも、辻褄の合わない点がある。火事の晩、ジャンヌが見つけた娘は顔も手も焼けただれて、見分けがつかなかった。しかしその娘が記憶をなくし、過去も未来もまっさらなロボットのようなものだとは予想できなかったはずだ。彼女がそんな危険を冒したとは考えられない。いや、もしかすると……。

もしかするとその証人にもジャンヌと同じように、口をつぐんでいる理由があるのかもしれない。ジャンヌもそれを心得ていて——ありえないことじゃない。こんな忌まわしい、狂った仮定の話なのだから——わたしを意のままに操れると思っているのだとしたら。フランソワがガス管の接続について抱いた疑問が、そこに関わってくる。わたしも彼と同意見だ。火事の原因となるほど粗雑な取り付けミスに、ジャンヌが気づかなかったはずはない。だとしたら、もともと接続に問題はなかった。だとしたらあとから何者かが、そこに細工をしたのだ。

警察や保険会社の調べでも事故だと見なされているのだから、接続部分を思いきりたたくかして、ひと目でわかるような傷をつけたのではない。いくつもの記事から、事件の詳細がわかった。接続部分が何週間にもわたる湿気でぼろぼろになり、管の端が酸化したのだという。つまりは長い期間かけて、じっくりと準備したのだろう。それはとりもなおさず計画的殺人だ。

生き残った娘は火事の前から、死んだ娘とすりかわるつもりだったのだ！　ミのほうはすりかわっても何ら利益はないのだから、生き残ったのはドのほうだ。そしてわたしは生き残ったほうなのだから、ドだということになる。宿泊カードから湯沸かし器の管まで、これですべて話が合う。サインを囲っていたあの気取った楕円のように、ぐるりとひとつにつながった。

ふと気づくと、いつのまにか洗面台の下にひざまずき、手袋を埃だらけにして配管を調べていた。ガス管ではないので、カデ岬のものとは違っているはずだが、わたしの仮説を否定できるかもしれないと、淡い期待を抱いていた。違う、性急すぎるわ、とわたしは思った。たとえきちんと接続されていても、自然に傷《いた》むことだってありうるもの。するとわたしが答える。まさか、配管工事は三か月前にやったばかりよ。そんなことありえないって、みんな思ってた。もともと工事にミスがあったという結論なのだから。

スリップ一枚だったので、また寒くなってきた。わたしはスカートをはき、破れたセーターを着た。ストッキングをはくのはあきらめねばならなかった。わたしはそれを丸めて、コートのポケットにつっ込んだ。そんな行為ひとつとっても、立派な証拠に思えてくる。ミだったらしないことだわ。ストッキングなんかけちけちとっておかない。部屋の外へでも投げ捨ててしまうだろう。

コートのポケットに手を入れたとき、フランソワのくれた鍵が触れた。それはきっと、この日人生から与えられた三つ目の恩恵だった。二つ目は、「これでぼくのことを信じられるかい？」とフランソワが言う前のキス。ひとつ目はわたしがジャンヌに小切手を切ってほしいとたのみ、彼女が車から降りたときの目つきだ。それは疲れて、少し苛立ったような目だった。けれどもそこからは、彼女がわたしのことを全力で愛していることが読み取れた。あの目を思い出すだけで、わたしは信じることができる。こんなホテルの一室で想像していることなど、何ひとつ真実ではないと。

電話帳を見ると、クールセル通りの一軒家はラフェルミの名義になっていた。湿った綿の手袋をはめた人さし指で番地を五十四までたどったあと、目当ての家に行き当たった。

タクシーがクールセル通り五十五番の前でわたしを降ろした。黒く塗られた鉄柵の門扉がそびえている。モンパルナスのホテルを出るとき合わせておいた腕時計の針は、午前零時近くを指していた。

マロニエの木が植わった庭の奥に、白い瀟洒《しょうしゃ》な館が立っていた。明かりは灯っておらず、鎧戸《よろいど》も閉まっているようだ。

門扉に手をかけると、すっとひらいた。わたしは芝生に縁どられた小道を上っていった。持ってきた鍵は、玄関ドアの鍵穴に入らなかった。家の裏手に回ると勝手口があり、こちらのドアはあけることができた。

なかには、まだジャンヌの香水の残り香がただよっていた。わたしは次々に部屋の明かりをつけていった。部屋はどれも小さく、壁はほとんどが白く塗られている。家具は快適そうで、温かな雰囲気をかもしていた。二階には寝室が並んでいた。部屋に面した廊下の壁は半分だけ白く塗られ、あとは下地がむき出しのままだ。塗装がすんでいないのだろう。

わたしが最初に入ったのは、ミッキーの寝室だった。どうしてわかったのかなんて、考えるまでもない。部屋に入れば一目瞭然だ。乱雑にかけられた壁の版画。豪華な布類。天蓋つきのベッドにかかるモスリンの薄布は、わたしがドアをあけるとホールから吹き込む風で船の帆のようにふくらんだ。テーブルの上にはテニスのラケットが置かれ、スタンドのランプシェードには若い男の写真がとめてある。肘掛け椅子には大きな象のぬいぐるみが鎮座し、ミドラ伯母さんらしい石の彫像にはドイツ軍将校のヘルメットがかぶせてあった。

わたしはベッドにかかる薄布をひらき、しばらく寝そべってみた。それから大理石の引き出しをあけ、万が一ここがわたしの寝室だという証拠はないか漁ってみた。下着や書類、わたしには何の意味もない品々を取り出す。書類はさっと目を通して、カーペットの上に捨てた。

わたしは散らかしたままにして部屋を出た。だから何だっていうの？　どうせいずれは、ジャンヌに電話するんだ。そしてわたしの過去、現在、未来を彼女の手にゆだね、ひたすら眠ろう。あとはジャンヌが始末をつければいい。散らかった部屋も人殺しのことも。

二番目の部屋は誰のものともわからなかった。三番目は、わたしの入院中にジャンヌが使っていた部屋に違いない。隣の浴室にただよっている香りと、戸棚に残された服のサイズでわかった。

そしてようやく、さがしていた部屋にたどり着いた。家具がいくつか置かれているほかは、クローゼットのなかに下着が少し、緑と青のチェックの部屋着（ポケットの上に《ド》と刺繍《ししゆう》がしてある）が一枚、ベッドのわきにスーツケースが三つ残っているだけだ。

スーツケースに詰まっていたものを、カーペットの上にあけてみた。なるほど、これはジャンヌがカデ岬から持ち帰ったものらしい。二つのスーツケースには、ジャンヌがわたしに見せなかったミの私物が入っていた。ジャンヌは死んだミの部屋に入る勇気がなくて、この部屋に置いたのだろう。たまたまかもしれないけれど。

三番目のスーツケースはもっと小さくて、衣類はほとんど入っていなかった。中身は手紙や書類といったドの持ち物だ。ほかにも焼けずにすんだものはあるだろうが、きっと両親のロイ夫妻に返されたのだ。

わたしは分厚い手紙の束をしばっている紐をほどいた。それはミドラ伯母さんが書いた手紙だった（署名がしてある）。《かわいい子》とか《わが娘》という言葉で始まっているので、初めはミに宛てたものかと思った。けれども先を読むと、たしかにミのことが話題にされているが受け取り人はドだった。わたしもつづり字にはまだ自信はないが、ミドラ伯母さんの手紙は間違いだらけのようだ。それでも口調はとてもやさしげで、行間から読み取れる意図にわたしは再びぞっとした。

スーツケースの点検を続ける前に、電話機をさがした。たしかミの部屋にあったはずだ。わたしはそこからヌイイの家に電話した。夜中の一時半近かったけれど、呼び出し音が鳴るやすぐに出たところをみると、ジャンヌは受話器に手をかけて待っていたのだろう。わたしがひと言も発しないうちに、ジャンヌはなかばののしり、なかば哀願するような苦悶の叫びをあげた。わたしもどなりかえした。

「大声出さないで」

「今、どこなの？」

「クールセル通りよ」

ジャンヌは急に黙り込んだ。驚き、あるいは告白。さまざまに取れる沈黙だった。

結局、わたしのほうから話を続けた。

「来て。待ってるから」

「元気なの？」

「あんまり。手袋を持ってきて」

わたしは電話を切るとドの部屋にもどって、自分の書類をまた調べ始めた。わたしのものだったショーツとスリップをつけ、チェックの部屋着を着た。服をかえて、靴を脱ぐ。わたしは裸足で一階に下りた。《もうひとりの娘》のものだったのは、今はめている手袋ぐらいだが、それだって結局のところ初めからわたしが使っていたのだ。

リビングルームの明かりをすべてつけ、コニャックをひと口ラッパ飲みした。しばらくあちこちいじってレコードプレーヤーの動かし方がわかると、騒々しい音楽をかけた。コニャックのおかげで気分はよくなったが、あえてそれ以上は飲まなかった。もっと暖かそうな隣室へ横になりに行くとき、いちおう瓶は持ったけれど。わたしは暗闇のなかで、瓶を胸に抱きしめた。

電話をかけてから二十分ほど過ぎたころ、ドアのあく音が聞こえた。ほどなく隣の部屋で音楽がやんだ。こっちに足音が近づいてくる。ジャンヌは明かりをつけなかった。彼女のシルエットがドアノブに手をかけたまま、入口で立ち止まった。クリニックで、初めてわたしの前に現われたときの陰画さながらに。ジャンヌは何秒間も黙っていた。やがて彼女はやさしくて重々しい、落ち着いた声で言った。

「こんばんは、ド」

わたしは殺すでしょう

すべてはある二月の午後、ドが働いていた銀行で始まった。ミはあとになってそれを、《まぐれ当たり》《クー・ド・シャンス》と呼んだ（もちろん、顧問弁護士の名前に引っかけてウケを狙ったのだが）。その小切手はほかの小切手と変わりはなかった。朝の九時から夕方五時まで、四十五分の昼休みを除いてドムニカの手を通過するほかのすべての小切手と。小切手には口座名義人フランソワ・シャンスのサインがあった。払いもどしの手続きを終えたあと裏書を確かめた。そしてドムニカは、そこにミシェル・イゾラの名を見つけたのだった。

ドムニカはほとんど反射的に顔を上げた。同僚たちの頭越しに出納カウンターの向こう側を眺めると、青い目と黒く長い髪の、ベージュのコートを着た娘がいた。ドムニカは席にすわったままだった。ミが現われたことよりも、その美しさに驚いていた。こうした偶然の再会を、ドムニカは何度も想像していたのだが。再会の場所は大型客船のこともあれば（大型客船だって！）、劇場のことも（ドムニカには無縁だが）、またイタリアの海岸のこともあった（ドムニカはイタリアに行ったことがなかった）。要するにまったく非現実的ではないが、ドがいつものドでなくなれる世界ならどこでもいい。それは眠りにつく前の、思う存分想像に浸れるひとときの世界だった。

二年前から毎日見ているカウンターのうしろで、終業のベルがなる十五分前に起きたこの再会はやけに現実的だったけれど、ドムニカは驚かなかった。とはいえミはとてもかわいくて、輝くばかりだった。まるで幸せになるために生まれてきたかのように。彼女を見ていると、夢はすべて吹き飛んでしまった。

枕に頭をもたせて空想にふけるとき、人生はもっと単純だった。再会した片親の娘より、きっとわたしは何もかもまさっているわ。身長でも（一メートル六十八ある）、学業でも（バカロレア第一、第二部門で良評価）、判断力でも（複雑怪奇な株式操作で、ミの財産を増やしてあげる）、勇気でも（難破船の上でミドラ伯母さんを助けるの。自分のことしか考えないミは死んでしまう）、女としての魅力でも（ミの婚約者だったイタリアの大公は、結婚式の三日前に貧しい《いとこ》のほうを見そめ、激しい良心の呵責《かしやく》にさいなまれる）、要するにすべてにおいて。美貌だって言うまでもない。

ところがミがあんまり美しいので、十五の小娘でもあるまいに、ドは行き交う人々の頭越しに彼女を見て、胸苦しくなるほどだった。立ち上がろうとしたけれど、足が言うことを聞かない。ミの小切手はほかの小切手といっしょに束ねられ、同僚の手から出納係へとまわされた。ベージュのコートを着た娘は――遠目だと二十歳以上に見え、態度も堂々としている――手渡された現金をハンドバッグにしまうと、一瞬にっこりした。そして入口のところで待っていた別の娘のところにもどった。

ドムニカは、あわててカウンターの向こうに回った。吐き気にも似た奇妙な感覚が、胸に疼《うず》いている。《彼女を見失ってしまう。そうしたらもう二度と会えないわ。彼女の前に行き、思いきって声をかけなければ……。笑顔で答えてくれるかもしれない。でもわたしのことなど気にもとめず、すぐに忘れてしまうだろう》とドムニカは思った。

事の成行きは、ほとんどそのとおりだった。ドムニカは銀行から五十メートル離れたサン＝ミシェル通りで二人の娘に追いついた。二人は駐車禁止区域に停めてあった白いMGに乗ろうとしていた。ミは袖をつかむブラウス姿の娘が誰だかわからなかったが、何事だろうと慇懃《いんぎん》に見かえした。娘は寒さに震えているらしく（実際、そうだった）、駆け寄ってくるなり喘ぐような声で話しかけてきた。

わたし、ドです、とドは言った。彼女の説明を聞いて、ミはようやく幼なじみを思い出したらしい。こんなふうに再会するなんて奇遇だと答えた。それ以上、話すことは何もなかった。仕方なくミのほうから話題をふった。ずっとパリに住んでいるのかとか、銀行の仕事は楽しいかとか。ミは先に車に乗った友達にドを紹介した。下手な化粧をしたアメリカ娘だった。

「近いうちに電話してね。また会えたら嬉しいわ」とミは別れ際に言った。

そしてミの運転する車は、ものすごいエンジン音とともに走り去った。ドは閉店時間すれすれに銀行にもどった。恨みがましい思いが、頭のなかに雑然と渦巻いていた。住んでる場所も知らないのに、どうやって電話しろっていうのよ？　わたしと背たけが変わらないなんて意外ね。昔はとってもちびだったのに。わたしだってあんな服を着れば、彼女と同じくらいきれいだわ。小切手の金額、いくらだったろう？　わたしが電話しようがしまいが、向こうは気にしちゃいないんだ。そういえば、イタリア語訛りはなかった。まずったわ。彼女は無理して会話を続けてた。きっとわたしのことを、ぼろをまとった気のきかない娘だと思ったでしょうね。あんな女、嫌いだ。目いっぱい嫌ってやる。どうせそれで苦しむのはわたしなんだから。

ドムニカは一時間、残業をした。ほかの従業員が帰り支度をしているとき、そっと小切手に手をかけた。ミの住所は書いてなかったので、口座名義人であるフランソワ・シャンスの住所をメモした。

三十分後、デュポン＝ラタンからミのいとこだと名乗ってシャンスに電話した。さっき偶然ミと会ったけれど、電話番号を聞き忘れたからと。電話に出た男は、イゾラさんにはたしかいとこはいなかったはずだがと言いながらも、結局は電話番号と住所を教えてくれた。ロード＝バイロン通りのレジデンス・ワシントンだった。

地下の電話ボックスを出てからミに電話するまで、まるまる三日あけた。ドは待ち合わせをしていた友人たちと店で会った。職場の同僚二人、それに半年前に知り合った青年だ。彼とは四か月前にキスをし、二か月前から恋人関係になっていた。保険会社に勤めている細身の優男《やさおとこ》でちょっと空想癖があるが、まずまずハンサムだ。ドは彼の隣にすわって顔を見た。さほど優男でもハンサムでも、空想家でもないように思えた。彼女は地下に下りてミに電話したが、不在だった。

イタリア語訛りのない娘と連絡が取れたのはその五日後、毎晩六時から十二時まで何度も電話をかけた末だった。その日は、保険会社に勤める恋人ガブリエルのアパルトマンから電話していた。ガブリエルは隣で、枕を頭にのせて眠っている。もう真夜中だ。

どうせ無理だろうと思っていたが、意外にもミはドムニカとの再会をおぼえていた。そして、いつも留守にしていて悪かったと言った。夜はわたし、なかなかつかまらないの。朝も同じだけど。

ミと会う約束をとりつけるため、ドはうまいせりふをいろいろと考えておいたのに、結局ひと言しか言えなかった。

「あなたに話したいことがあって」

「あら、そう！」とミは答えた。「じゃあ、いらっしゃいよ。でも、早くしてね。眠いから。あなたのことは好きよ。でも明日は早起きしなくちゃいけないの」

ミは唇でキスの音を真似ると、電話を切った。ドは呆けたように受話器を手にしたまま、しばらくじっとベッドの端に腰かけていた。それから、脱ぎ捨ててあった服をあわててかき集めた。

「帰るのか？」とガブリエルがたずねる。

ドムニカは服を着かけて、大笑いしながら彼にキスをした。こいつ、ほんとにどうかしてるな、とガブリエルは思い、また頭に枕をのせた。彼も朝は早いのだ。

ゆったりとして快適そうな、イギリス風の建物だった。まるでホテルみたいに制服のポーターもいれば、落ち着いたカウンターの向こうには黒服の男たちもひかえている。まずは電話で、ミに来客が告げられた。

ドがホールの奥をのぞくと、階段を三段下りた先にバーが見えた。そこにすわっているのは、大型客船や流行の浜辺、芝居の初日で出会うような人々に違いない。《眠りにつく前の世界だわ》とドは思った。

エレベータが四階に止まった。十四号室。ドは廊下の鏡で服装を確かめ、髪をなおした。長い髪は手入れに時間がかかるので、大きくひとつにまとめてあった。そのせいで少し老《ふ》けて、真面目そうに見える。悪くないわ。

年取った女がドアをあけた。コートを着て、帰るところだったらしい。彼女は隣の部屋に向かってイタリア語で何か叫ぶと、そのまま立ち去った。

そこは下と同じくイギリス風で、大きな肘掛け椅子が並び、ふかふかしたカーペットが敷かれていた。ミは肩と脚がむき出しになった短いシュミーズ姿で現われた。口に鉛筆をくわえ、電気スタンドのシェードを手にしている。電球が切れちゃって、と彼女は説明した。

「いらっしゃい。あなた、手先は器用？　ちょっと見てくれるかしら？」

アメリカタバコのにおいがし、乱れたベッドが置かれた部屋で、ドはコートも脱がずにシェードをかぶせた。ミはドレッサーの上の箱をかきまわしていたが、やがて隣の部屋に行くと、片手に一万フラン札三枚、片手にタオルを持ってもどってきた。ドはさし出されたお札を、あっけにとられながら無意識に受け取った。

「これでいい?」とミは言った。「まったくもう、あなたのこと、全然思い出さないみたい」

彼女は注意深く美しい目、磁器のような目で、やさしくドを見つめた。近くから見ると、たしかにまだ二十歳そこそこで、本当にかわいらしかった。ミはほんの一瞬、そうしていたが、何か急ぎの用事でも思い出したかのように、あわててドアのほうへ行った。

「チャオ。また連絡してね」

「でも、これってなんのことだか……」

ドはお札を示しながらミのあとを追った。ミはお湯が出しっぱなしになっている浴室の前でふり返った。

「お金が欲しいんじゃないわ!」とドは言った。

「電話でそう言わなかった?」

「話があるって言ったのよ」

ミは心から申し訳なさそうな顔をした。あるいはとても困ったような、驚いたような、それらすべてをひっくるめたような。

「話って、どんな？」

「あれやこれや」とドは答えた。「つまり、あなたに会って話したかった。そういうこと」

「こんな時間に？　ともかくすわって。ちょっと待っててね。すぐもどるから」

ドはコートも脱がず、ベッドの上に置いたお札の前に腰かけて三十分ほど待った。ミはタオル地のバスローブ姿で、濡れた髪をタオルでごしごしと拭きながらもどってきた。彼女はイタリア語で何かドにわからないことを言ったあと、こうたずねた。

「横になってもかまわないかしら？　少し話しましょう。住んでるところは遠いの？　もし心配する人がいなければ、ここで寝ていってもいいわよ。よかったらどうぞ。ベッドはたくさんあるから。またあなたに会えて、本当にうれしいわ。そんな顔しないで」

ミが人の顔を気にするなんて意外だった。彼女はバスローブを着たままベッドに入るとタバコに火をつけ、何か飲みたかったら隣の部屋にいろいろあるからと言った。そして火のついたタバコを指にはさんだまま、まるで人形のように突然眠り込んでしまった。ドはわが目を疑った。人形の肩に触ってみると、ちょっと動いて何かつぶやき、フローリングの床にタバコを落とした。

「タバコが」とミは言った。

「消しておくわ」

人形は唇の先でキスの音を真似ると、また眠り込んだ。

翌朝、ドはこの二年間で初めて銀行に遅刻した。朝、起こしにやって来た老女は、長椅子に寝そべっているドを見ても驚いた様子はなかった。ミはもう出かけていた。

昼休みに、ドは銀行の近くにあるビストロへ行った。《日替わりメニュー》を出す店だが、ドはコーヒーを三杯飲むだけにした。食欲がなかった。不正をこうむったあとみたいに落ち込んでいた。人生は片方の手で与えたものを、もう片方の手で取り上げる。ドはミの部屋でひと晩過ごした。想像もしなかったほど急速にミと親しくなれたけれど、もう一度彼女と会うための口実は昨日よりさらに少なくなった。ミは捉えがたい存在だった。

その晩、ドは銀行がひけるとガブリエルとの待ち合わせをすっぽかし、またミのレジデンスへ行った。ホールから十四号室を呼んでもらったが、マドモワゼル・イゾラは外出中だった。ドはひと晩じゅうシャンゼリゼあたりを行ったり来たりし、映画を観てからまたもどって、十四号室の窓の下をぶらついた。午前零時ごろ、黒服の受付係にもう一度たずね、その晩はあきらめた。

それからおよそ十日後の、ある水曜の朝、《まぐれ当たり《クー・ド・シャンス》》が再び銀行であった。その日、ミはターコイズブルーのスーツを着ていた。ぽかぽか陽気なうえ、男連れだったから。ドは出納係のカウンターの前にいるミのところへ行った。

「ちょうど電話するつもりだったの」とドはいきなり切り出した。「昔の写真が出てきたので、見せたいと思って。夕食に招待するわ」

ミは不意を突かれたらしく、素晴らしいわ、ぜひそうしなくちゃと自信なげに答えた。そしてお金を渡そうとした晩のように、ドを注意深く見つめた。ミは見かけよりも他人に関心があるらしい。彼女はドの目のなかに、哀願、期待、無視されはしないかという恐れを読み取った。

「それなら」とミは言った。「明日の晩はちょっと用事があるけど、夕食までには体があくと思うわ。わたしがおごるわよ。九時くらいに待ち合わせましょう。《フロール》でどう？　遅れないから大丈夫。チャオ、かわい子ちゃん《カリーナ》」

連れの若い男は、気のない笑みをドに向けた。銀行から出るとき、男は黒髪の王女《プリン》様《セス》の肩に手をかけた。

彼女はコートを肩に羽織り、白いマフラーを顔に巻いて、《フロール》に九時二分前に入ってきた。三十分前から待っていたドは、テラスのガラス窓越しにMGが通るのを見て、ミがひとりだったのでほっとした。

ミはドライ・マティーニを飲みながら、抜け出してきたレセプションや昨晩読み終えた本の話をし、勘定を払った。もうお腹がすいて死にそうだわ、中華料理は好きかしら、と彼女はドに言った。

二人はクジャ通りの店で、差し向かいで夕食をとった。いろいろな料理を注文し、分け合って食べた。このあいだの晩は髪をひとつに束ねてたけど、そんなふうに下ろしているほうが似合ってるわよ、とミはドに言った。ミの髪はもっと長くて、ヘアスタイルがなかなか決まらなかった。それに、毎日二百回もブラッシングをしている。ときどきミは黙ってじっとドを見つめた。気づまりになるほど注意深く。それからまた脈絡のない、独り言のような話を続けるのだった。

「ところで写真は?」

「部屋に置いてあるわ」とドは答えた。「すぐそこだから、ちょっと寄ればいいかと思って」

ミは白いMGに乗ると、とてもいい気分だ、今夜は楽しかったと言った。《ホテル・ヴィクトリア》に着くと、このあたりって感じがいいわねと言った。ドの部屋では、すぐにとてもくつろいだようだ。コートと靴を脱いで、ベッドの上で体を丸め、ドといっしょに写真を見た。小さかったころのミ、小さかったころのド。忘れていた顔に胸が熱くなる。ドもベッドの上にすわり、ミに体を寄せた。この時間がいつまでも続けばいいのに、と彼女は思った。ミの香水が間近に匂った。その香りはドの体に染みついて、ミが帰ってからも消えることはないだろう。ドはミの肩に腕を回した。温かいのはミの肩なのか、自分の腕なのか、ドにはもうわからなかった。二人が海岸のすべり台に乗っている写真を見て、ミは笑いだした。ドはやもたてもたまらなくなり、ミの髪に夢中でキスをした。

「あのころはよかったわね」とミは言った。

ミは離れなかった。ドのほうに顔を向けもしなかった。写真はすべて見終えてしまったが、じっとしていた。おそらく少し戸惑っていたのだろう。ようやくミはふり返ると、早口で「わたしの家に行きましょう」と言って立ち上がり、靴をはいた。けれどもドがついてこないので、もどって彼女の前にひざまずき、片手でそっと頬に触れた。

「ずっとあなたといたいわ」とドは言って、小さな王女様《プリンセス》の肩を引き寄せ額にあてた。ミははっとした。昔と同じ、やさしく傷つきやすい子供のままだ。

「さっきの店で飲みすぎたのね。自分が何を言ってるのか、わかっていないんだわ」

とミはうわずった声で答えた。


MGのなかで、ドはウインドーの外を走り去るシャンゼリゼ通りに気を取られているふりをした。ミは何も話さない。十四号室では、老女が肘掛け椅子に腰かけて待っていた。ミは女の両頬に大きな音をたててキスをすると、部屋から出ていかせてドアを閉めた。ミが投げた靴は部屋を横切り、コートはソファの上に落ちた。彼女は楽しそうに笑っていた。

「仕事ではどんなことをしてるの?」とミはたずねた。

「銀行で? 説明がむずかしいわね。ともかく、面白い仕事じゃないわ」

ミはドレスを下ろしかけたままドに近寄り、コートのボタンをはずし始めた。

「馬鹿ね! そんなもの脱いで、くつろぎなさい! あなたを見てると、いらいらしちゃうわ。さあ、ちょっと体を動かして」

しまいには二人ともなかば肘掛け椅子に、なかばカーペットに倒れて、もつれ合い始めた。ミのほうが力が強かった。彼女は笑いながら息をととのえ、ドの両手首を押さえつけた。

「つまりむずかしい仕事ってわけね？　ほんと、あなたって気むずかしそうだもの。いつから面倒な女の子になったの？　いつからそうやって、まわりの人をいらいらさせてるの？」

「ずっと前からよ」とドは答えた。「あなたのこと、ずっと忘れなかった。何時間も、窓を眺めてた。難破船からあなたを助け出すことを想像したり、あなたの写真を抱きしめたりしたわ」

ドはそれ以上話せなかった。ミが上にのしかかり、両手をつかんでカーペットに押さえつけている。

「へえ、そうだったの」

そう言ってミは立ち上がると、寝室に駆け込んだ。ほどなく浴室の蛇口から、お湯の出る音がした。しばらくするとドも体を起こし、ミの寝室に入ってクローゼットをあけてパジャマかネグリジェをさがした。なかにあったパジャマのサイズは、ドにぴったりだった。

その晩、ドはソファで眠った。隣の部屋で寝ていたミは、ドに聞こえるよう大声で話し続けた。ミは睡眠薬を飲まなかった。いつもは愛用していたので、最初の晩は急に眠り込んでしまったのだ。「おね《ド》んね《ド》、ド!」と言ったあとも(これもウケを狙ったのだが)、ミは独り言を続けた。

夜中の三時ごろ、ドが目を覚ますと、ミの泣き声が聞こえた。ベッドのわきへ行ってみると、ミは毛布からはみ出し、両手を握りしめて涙を流しながら眠っていた。ドは電気を消し、ミの毛布をなおしてまた横になった。

翌日の晩、ミの部屋には誰かが来ていた。ドがデュポン=ラタンから電話すると、その誰かがタバコをくれと言っている声が聞こえた。ミは「テーブルの上よ。すぐ目の前じゃない」と答えた。

「会えないかしら?」とドはたずねた。「男の人がいるの? 誰? その人と出かけるの? あとで会える? 待っていてもいい? 髪をブラッシングしてあげるわ。なんでもしてあげる」

「あなたには、いらいらさせられるわ」とミは言った。

同じ晩の午前一時、ミは《ホテル・ヴィクトリア》を訪れ、ドの部屋のドアをノックした。きっと思いきり飲んで、タバコをふかし、しゃべりまくってきたのだろう。ミは悲しそうだった。ドは彼女の服を脱がせた。今度はドのほうが、パジャマを貸してあげる番だ。ドはミをベッドに寝かせ、彼女の規則正しい寝息を聞きながら、目覚まし時計が鳴るまで抱いていた。《夢じゃないわ。ミはここにいる。わたしのものだ。離ればなれになっても、ミはずっとわたしのなかにい続ける。わたしはミなんだ》とドは思った。

「仕事に行かなくちゃいけないの？」ミは目をあけるとたずねた。「いいから寝てなさいよ。あなたを《記録簿》に加えてあげるから」

「何、それ？」

「伯母さんの支払い帳簿。さあ、横になって。お金ならわたしが出すわ」

ドはもう服を着て、出かける準備をしていた。馬鹿なこと言わないで、と彼女は答えた。わたしはお金で買えるおもちゃじゃない、もう行くからと。銀行から毎月貰う給料に生活がかかっている。ミはベッドの上で体を起こした。顔ははつらつとして元気そうだが、目は怒りに燃えている。

「そういう口のきき方する人、ほかにも知ってるわ。わたしが出すって言ったら出すのよ！　銀行からいくら貰ってるの？」

「月六万五千」

「じゃあ、もっとあげる」とミは言った。「寝なさい。さもないとクビよ」

ドはコートを脱いでコーヒーを温め、窓からオーステルリッツ駅を照らすぼんやりした太陽を眺めた。コーヒーカップをベッドに持っていく。そのときドにはわかっていた。ミの興奮は午前中だけでは冷めそうもない、今したり言ったりしたことはすべて、いつか自分の身にはね返るだろうと。

「あなたはかわいいおもちゃだわ」とミは言った。「おいしいわね、あなたのいれたコーヒーは。ここには長いこと住んでいるの？」

「数か月前からよ」

「荷物をまとめなさい」

「ねえ、ミ。わかってちょうだい。あなたがわたしにさせようとしているのは、大変なことなのよ」

「そんなこと、二日前からよくわかってるわ。難破船からわたしを助けてくれようっていう人が、たくさんいると思う？　それにあなた、泳げなかったはずじゃない」

「そうね」
「だったら教えてあげる」とミは言った。「簡単よ。こうやって腕を動かすの。脚はもうちょっとむずかしくて……」
ミは笑いながらドをベッドの上に押し倒し、腕の屈伸をさせた。それから急に手を止め、真顔でドを見つめると、大変なことだっていうのはよくわかってるが――でもそれほどではないと言った。

それから毎晩ドは、レジデンス・ワシントン十四号室の入口のソファで寝た。隣室にいるミの情事を監視しているみたいなものだった。ミといっしょに眠っているのは、いけすかないうぬぼれ男だった。前に銀行で見た男だ。フランソワ・ルッサンという名の弁護士秘書で、風采《ふうさい》は悪くない。彼はドと同じような思いを、漠然と胸に秘めていた。そのせいで、たちまち二人はあからさまにいがみ合い始めた。

彼はハンサムだし悪い男じゃない、とミは言い張った。夜になると、男の情熱的な腕に抱かれてうめくミの声が、すぐ近くにいるドの耳にいやでも届いた。嫉妬心にさいなまれるかのように、ドは胸を疼かせた。本当はもっと単純な感情だとわかっていたけれど。ある晩ミは、《ホテル・ヴィクトリア》の部屋はまだ借りているのかとたずねた。それを聞いてドは、飛び上がりたいほどの気持ちだった。ミはそこで別の男と夜を過ごそうとしているのだ。フランソワ・ルッサンはとても傷ついたらしい。けれどもドは、心配にはおよばないとわかっていた。どんな男かは知らないが（わかっているのは、競歩の選手だということくらいだ）、どうせすぐに捨てられるだろう。

ミが男なしで過ごす晩もあった。願ってもないひとときだ。ミはひとりではいられない。髪に二百回ブラッシングしてくれる人、背中を流してくれる人、眠ったあとにタバコの火を消してくれる人、独り言を聞いてくれる人が必要だった。ドがその役を担《にな》った。女同士の夕食もいいんじゃないとドは言って、信じられないような料理（スクランブルエッグとか）にわざわざ銀のふたをかぶせて持ってこさせた。ナプキンを折って動物を作るやり方をミに教え、ひと言話すたびにやさしい呼びかけの言葉をはさんだ。とりわけミのうなじや肩に手をあてたり、腰を抱きかかえたりするときには。ドはミの体にいつも触れているようにした。それが何よりも大事なのだ。彼女は睡眠薬や男や他愛のないおしゃべりで気持ちを落ち着けないと、なかなか寝つけないから。ママが寝室から出ていったあと、真っ暗闇のなかで怯えていたころの記憶がそうさせるのだ。ミのこうした明らかな特徴は（病的なほどだとドは思っていたが）、子供時代の体験と直結しているのだった。

三月、ドは常にミと――みんなと同じように、ミッキーと呼んでいた――行動を共にするようになった。フランソワ・ルッサンの部屋以外、ミが行くところならどこにでもいっしょに行く。パリの街中をドライブしたり、お店や観光地を回ったり、屋内コートでテニスをしたり、面白みのない人たちとレストランで食事をしたり。そんなとき、ドはたいてい車に残ってラジオをつけ、その晩ミドラ伯母さんに書く手紙の文面を頭のなかで考えていた。

最初の手紙を出したのは、《雇用契約》の日だった。ドはその手紙のなかで、ミと再会して嬉しい、すべてうまくいっていると書いた。伯母さんにも喜んでほしい、「なんだか自分の伯母さんみたいな気がしているから」と。そのあとニースでの近況やミッキーに対するやんわりとしたあてこすりが続き、初めてイタリアを訪れたら必ず伯母さんにキスをしに行くとしめくくった。

ドは手紙を投函したあと、そんな皮肉をすぐに後悔した。これではあまりに露骨すぎる。ミドラ伯母さんは抜け目がないから――さもなければ、ニースの路上からイタリアのお屋敷へと大出世できるわけない――すぐに警戒するだろう。けれどもそれは杞憂《きゆう》だった。四日後に届いた返事のなかで伯母さんは大喜びし、あなたは天の恵みだ、昔どおりのやさしく、賢明で、愛情深い娘だと言った。けれども悲しいことに、わたしたちのミッキーはまったく変わってしまった。この素晴らしい再会が、いい影響をおよぼしますようにと。手紙には小切手が一枚、同封されていた。

ドは二番目の手紙で小切手を送り返し、わたしたちの恐るべき子供のために全力をつくすと約束した。彼女はやさしさに欠けると思われることもあるけれど、ただあけっぴろげなだけなんです。キスを送ります。敬具。

三月の終わりに、ドは五通目の返事を受け取った。彼女は《あなたの名づけ子より》と署名するようになった。

四月にドは、さらに一歩踏み出した。ある晩、レストランのテーブルを囲んでいるとき、ミッキーの目の前でフランソワ・ルッサンに食ってかかったのだ。きっかけは《大事な友達》の料理について、意見が分かれたことだった。けれども問題なのはミッキーが若鶏の赤ワイン煮を食べたあとはよく眠れないことではなく、フランソワがおべっか使いの偽善者で、顔を見るのも汚らわしい男だという点だった。

二日後の晩、事態はさらに深刻になった。レストランも対立の原因も違っていたけれど、フランソワはやはり下種《げす》野郎だった。彼は反撃を始めた。ドを詐欺師呼ばわりし、ミの気持ちにつけ込んでいる、女学生同士の同性愛みたいだと言った。最後のどぎつい応酬のとき、ミが手を振り上げた。ドは自分がたたかれるものと覚悟したが、ミの手が下種野郎の顔を打つのを見て、ここはわたしの勝ちだと思った。

けれどもすぐに報いはやって来た。レジデンスにもどると、フランソワは喧嘩を売ってきた。馬鹿娘やのぞき屋とは、もういっしょにいられない。彼はそう捨てぜりふを残し、ばたんとドアを閉めて帰っていった。修羅場はドとミのあいだで続いた。ドはさらにフランソワを非難して自己弁護につとめたが、痛いところを突かれたミは怒り狂っていた。いっしょに写真を見た晩のように、笑いながらじゃれ合うのとはわけが違う。情け容赦ない平手打ちの雨が、右手、左手と降り注いだ。ドは部屋を横切って追いつめられ、ベッドの上に投げ出されてはまた起こされ、涙ながらに許しを乞うた。髪は乱れ鼻血を流し、ドアの前でひざまずきながら。ミッキーはすすり泣いているドを立たせると、浴室へ引っ張っていった。さすがにその晩ミッキーは、自分でお湯を流しタオルを出した。

そのあと二人は、三日間口をきかなかった。翌日やって来たフランソワは、腫れ上がったドの顔に皮肉っぽい目を向け、「おやおや、またいつもよりいちだんとひどいご面相じゃないか」と言った。そしてミッキーと祝杯を上げに行った。さらに翌日の晩、ドはミのブラッシングを再開し、ひと言もしゃべらずに《お勤め》に励んだ。次の日の晩、ドは沈黙がいよいよ危険域に達したと見て、ミッキーの膝に顔を伏せてあやまった。二人は涙と涎《よだれ》にまみれたキスのなかで仲直りをした。ミッキーは戸棚から人を馬鹿にしたようなくだらないプレゼントを山ほど取り出した。この三日間、不安を紛らわそうと店を回っていたのだ。

間の悪いことに、ドは同じ週に偶然ガブリエルと顔を合わせてしまった。彼とは一か月前から会っていなかった。ドは美容院から出てきたところで、顔にはミッキーのヒステリーの跡が残っていた。ガブリエルはドを車に乗せ、別れたいならそれも仕方ないが、おまえのことが心配なんだと言った。そんな虐待の跡を見たら、ますます心配になる。いったい何をされたんだ？　ドは嘘をついても意味がないと思った。

「あの女にやられたって？　黙って殴られたのか？」

「うまく説明できないけど、仲よしなのよ。彼女が必要なの。こうやって呼吸している空気みたいに。あんたにはわからないでしょうけど。男には男同士のことしかわからないんだわ」

ガブリエルはやれやれというふうに首を振ったが、漠然とながら正しく見抜いていた。ドは長い髪のいとこに夢中なのだと、彼に信じさせようとしていた。けれどもガブリエルはドのことをよく知っていた。誰かに夢中になるような女じゃない。ドがヒステリー娘に殴られても我慢しているのは、何か馬鹿げた決意を胸に秘めているからに違いない。とてつもなく危険な、断固たる決意を。

「銀行を辞めて、どうやって暮らしているんだ？」

「欲しいものは何でも、彼女がくれるのよ」

「それでどうなる？」

「わからないわ。でもね、彼女は悪い人じゃない。わたしに好意を持ってるの。わたしは好きなときに起きればいいし、服もたくさんあるし、彼女が行くところにはいつもいっしょだし。わかってもらえないでしょうけど」

本当にわからないのだろうかと思いながら、ドはガブリエルと別れた。しかし彼もまたドが好きだった。ドにはみんな好意を抱く。殴られた晩以来、彼女が死んだような気持ちでいることを、誰ひとりその目のなかに読み取ることはできないだろう。彼女が必要としているのは甘やかされた娘ではなく、あまりに長いあいだ夢のなかで送ってきた生活、あの甘やかされた娘も過ごしていない生活であることを。わたしなら、贅沢な暮らしをもっとうまく楽しめるのに。簡単に手に入るお金やまわりの人々のこびへつらいを、もっとうまく利用できるのに。平手打ちのつけを、いつかミッキーに払わせてやる。何でも支払ってあげると、自分の口で言ったのだから。けれども、いちばん重要なのはそのことではない。ミッキーは、銀行勤めの娘が抱いた夢想にも報いなければならないのだ。誰もあてにせず、誰にも愛を求めず、少しおだてられたからといって浮かれたりしない娘の夢想にも。

すでに何日も前から、ドはいつかミを殺すかもしれないと予感していた。歩道でガブリエルと別れたときは、殺す理由がまたひとつ増えたと思っただけだった。どうでもいい相手なら、虫一匹だって殺したりしない。けれども侮辱を受け、恨みを抱く場合は別だ。彼女はハンドバッグからサングラスを取り出した。初めのうちは、こうした気持ちが目に表われてはいないかと思ったからだった。次には、まぶたの下の青痣《あおあざ》を見られまいとして。

五月にミッキーは少し図に乗りすぎた。彼女はフランソワ・ルッサンに馬鹿げた考えを吹き込まれ、ミドラ伯母さんがクールセル通りに持っていた一軒家に引っ越すことにしたのだ。伯母さんはそこに、一度も住んだことがなかった。ミッキーはこの計画に猛進したけれど、しょせんは伯母さんの力が頼りだった。二日とたたないうちに、パリとフィレンツェのあいだでひと悶着始まった。

必要なお金を手に入れたミッキーはサインを乱発し、ペンキ屋を雇ったり家具を注文したりしたが、弁護士のフランソワ・シャンスを代理人にするよう申し渡された。さらに騒ぎは大きくなり、ついには恐るべきお目つけ役の登場とあいなった。まさに度外れの、神話的な人物である。というのも、ミッキーのお尻をたたいて叱ったという功績の持ち主なのだから。

お目つけ役の名はジャンヌ・ミュルノ。ミッキーは彼女のことを、あまり話したがらなかった。しかしその忌まわしげな口ぶりからも、どんなに恐れているかが容易に想像できた。十四歳にもなったミッキーのズボンを脱がせ、お尻をたたいたというのだから、それだけでも恐れ入る。しかし二十歳のミッキーが決めたことに異をとなえ、説き伏せてしまうというのは信じがたい偉業だ。

もっともそれは、まったく事実というわけではなかった。ドはジャンヌ・ミュルノに会ったとき、すぐにそう悟った。彼女は金髪の、大柄でもの静かな女性だった。ミッキーはジャンヌを恐れているのでも嫌っているのでもない。事はさらに深刻だった。ミ目の前にいるミュルノの存在自体が、ミッキーには耐えがたいのだ。ミがすっかりかしこまってびくついているものだから、ドまで気が動転してしまった。枕を涙で濡らすのは、銀行勤めの娘だけではなかったらしい。ミッキーは何年ものあいだ、いもしないジャンヌの夢に悩まされ、やみくもに苦しんでいたのだろう。そのジャンヌがこうしてやって来たものだから、見境《みさかい》をなくしてしまったのだ。ドは彼女のことを話のついでに聞いただけだったので、その影響力の大きさに驚くばかりだった。

それはいつもと同じ晩だった。ミッキーはフランソワに会うため、着替えをしていた。ドは肘掛け椅子にすわって本を読んでいた。ドアをあけに行ったのはドだった。ジャンヌ・ミュルノは弾をこめた拳銃を見るみたいにドをにらみつけた。そしてコートを脱ぐと、大声をあげるでもなくこう言った。

「ミッキー、いらっしゃい」

バスローブ姿で現われた娘は、まるで悪事の現場でも押さえられたかのように、唇を震わせながら作り笑いを浮かべた。イタリア語で短いやりとりがあったが、何の話かドにはよくわからなかった。ともかくひと言言うごとに、編んだ毛糸をほぐすみたいにミの顔が歪んでいくのだけは見て取れた。いつものミとは別人のようになって、右に左にと体を揺らしている。

ジャンヌはすたすたとミに近づくと、肘を押さえてこめかみにキスをした。そしてしばらくミを目の前から逃さなかった。彼女が口にしたのは、あまり楽しい話ではなかったのだろう。声は深みがあって落ち着いていたけれど、鞭《むち》のようにそっけない口調だった。ミッキーは長い髪をはらいながら、ただ黙っていた。ドの見ている前で、ミは顔を真っ青にさせた。そして腕をつかんでいるジャンヌの手を振りほどくと、バスローブを直しながら遠ざかった。

「来てほしいなんて言わなかったわ！　向こうにいてくれればいいのよ！　わたしは相変わらずだけど、あなたもだわね。いつだってやかまし屋のミュルノ。でもひとつ違っているのは、わたしがもううんざりだってこと」

「あなたがドムニカね？」ジャンヌはくるりとふり返ってたずねた。「お湯を止めてらっしゃい」

「動くのはわたしが命令したときだけ！」とミッキーは言って、ドの行く手をさえぎった。「そこにいなさい。一度でもこの女の言うことを聞いたら、もう抜け出せなくなるわよ」

ドは思わずうしろに三歩さがった。ジャンヌは肩をすくめると、自分で浴室へ行きお湯を止めた。彼女がもどってくると、ミッキーはドを肘掛け椅子にすわらせ、そのわきに立った。唇は震え続けている。

ジャンヌは部屋の入口で立ち止まった。明るい色の髪をした大柄な女は、人さし指を突き出して力をこめ、言葉をさえぎられないよう早口でしゃべった。話のなかには、何度もドの名前が出てくる。

「フランス語で話して」とミッキーは言った。「ドにわからないじゃない。あなたは嫉妬心でいっぱいなんだわ。何を言ってるかわかったら、ドだってきっとあきれるわよ。鏡を見てごらんなさい。嫉妬ではち切れそうになってるから。その顔を見てみればいいのよ！　醜いわ。ええ、醜いったらない」

ジャンヌはただ笑って、ドのことは何も関係ないと答えた。けれどもドがしばらく部屋を出ていたほうが、みんなにとって都合がいいだろうと。

「ドはここにいるわ！」とミッキーは言った。「この子はよくわかってるもの。わたしの言うことを聞くわ。あなたの指示には従わない。わたしはこの子が好き。わたしのものよ。ほら、見てごらんなさい」

ミッキーは身を乗り出し、ドのうなじに手をかけて引き寄せると、唇に一回、二回、三回とキスをした。ドは息を呑んで立ちすくみ、されるがままになりながらこう思った。《いつか殺してやる。殺す方法を考えなければ。それにしても、ミにこんな猿芝居をさせるなんて、このイタリア女は何者なの？》ミッキーの唇はやわらかく、震えていた。

「茶番はさっさと終わりにして、服を着てスーツケースの支度をしなさい。ラフェルミが会いたがってるわ」とジャンヌ・ミュルノは落ち着いた声で言った。

ミッキーは体を起こした。三人のなかで、いちばん気まずそうなのは彼女だった。目でスーツケースをさがす。たしか、部屋にひとつあったはずだ。さっき見かけたのに、どこに行ったのだろう？　スーツケースはミのうしろにあった。からっぽのままふたをあけて、カーペットの上に置いてある。ミはそれを両手で持ち上げ、ジャンヌ・ミュルノに投げつけた。ジャンヌは身をかわした。

ミッキーはイタリア語で何か罵声をあげながら二、三歩前に進み出ると、暖炉の上にあった大きな青い花瓶をつかみ、ジャンヌの顔めがけて放った。ジャンヌはその場に立ったままひらりとよけ、花瓶は壁にあたってこなごなに割れた。ジャンヌはテーブルの向こうに回り込み、すたすたとミッキーに近づくと、片手であごを押さえ、もう片方の手で平手打ちを喰らわせた。

それからジャンヌはコートを着ると、今夜はクールセル通りに泊まって明日の昼に出発する、ミッキーの航空券は用意してあると言った。彼女はドアのところで、ラフエルミはもう長くはないだろうとつけ加えた。十日ほどのうちに会わないと、間に合わないだろうと。ジャンヌが出ていくと、ミッキーは肘掛け椅子にすわり込み、声をあげて泣いた。

ミとフランソワが芝居を観に出かけているあいだに、ドはクールセル通りを訪ねた。ジャンヌ・ミュルノはドを見てもさほど驚かなかった。そしてドのコートを受け取ると、ドアノブにかけた。家のなかは梯子やペンキの缶、はがした壁紙で雑然としていた。

「でもまあ、あの子、趣味は悪くないわね」とジャンヌは言った。「きれいな部屋になりそうだわ。ペンキのせいで頭痛がするけれど、あなたは平気？　二階に行きましょう。あっちのほうがまだ居心地がいいから」

家具もぽつぽつと置かれている二階の部屋で、二人はベッドに並んで腰かけた。

「あなたから話す？　それともわたしから話す？」とジャンヌはたずねた。

「そちらから話してください」

「わたしは三十五歳。あの疫病神《やくびょうがみ》を任されたのは、今から七年前よ。あんな子になってしまったのは残念だけど、そもそも受け入れたのが失敗だったわね。あなたは一九三九年七月四日生まれ。銀行に勤めていた。今年の二月十八日に、その大きなやさしい目でミッキーを見つめた。そのあとあなたは仕事を変え、平手打ちもキスもされるがままのお人形になった。いつもおとなしそうな顔をしているし、思ったよりもきれいだけど、だからって無害じゃない。何か下心を持っている。ただのお人形なら、そんなものはないはずだもの」

「何の話かわかりません」

「だったら続けるわよ。あなたはずっと前から下心を持っていた。まあ、はっきりとした考えとは言えない、漠然として曖昧な心の疼きみたいなものかもしれないけど。同じ気持ちでいた人は、あなたの前にもたくさんいたわ。特にこのわたしがそう。でもあなたは誰よりも馬鹿みたいに突き進もうとしている。でも誤解しないでちょうだい。何もあなたの考えていることが心配なわけじゃないのよ。心配なのはその考えを、おおっぴらにかかげているってこと。すでにずいぶんと馬鹿をしでかしたせいで、何人もの人たちが動揺し始めている。フランソワ・ルッサンみたいに気の小さい連中なら、ただじゃすまないでしょう。ラフェルミは思いどおりってところだけど、彼女は冷静な人よ。ミッキーだって侮《あなど》ったらとんでもないことになる。そもそもあなたは力不足なの。そのせいで、わたしが迷惑するのよ」

「やっぱり、何のことだか」とドは言った。

喉がひりひりする。《きっとペンキのにおいのせいだ》とドは思った。ベッドから立ち上がろうとするドを、金髪の大柄な女は静かに押しとどめた。

「ラフェルミに書いた手紙を読んだわ」

「あなたに見せたんですか？」

「ほんとに世間知らずなんだから。ともかく手紙は見た。興信所の報告書といっしょにね。身長百六十八センチ。髪は黒。ニース生まれ。父親は会計係。母親は家政婦。今までに恋人は二人。ひとりは十八歳のときで、つき合っていたのは三か月間だけ。もうひとりは二十歳のときで、ミッキーと再会するまで続いた。月収は社会保障費ぬきで六万五千フラン。特徴、お馬鹿さん」

ドはジャンヌの手を振りほどいて立ち上がると、ドアに向かった。一階に下りたけれど、コートが見つからない。ジャンヌがやって来て、コートをさし出した。

「子供っぽい真似しないで。あなたと話さなくてはならないわ。夕食はまだでしょ。いっしょにいらっしゃい」

タクシーに乗ると、ジャンヌはシャンゼリゼ通りに近いレストランの住所を告げた。二人がランプをはさんで向かい合ったとき、ドはジャンヌのしぐさがミと似ているのに気づいた。けれどもジャンヌのほうがずっと大柄なので、まるでミッキーの動きを戯画化しているかのようだ。ジャンヌはドの視線を捕えると、何を考えているのかお見とおしだとばかりに、苛立たしそうな声で言った。

「真似をしてるのはあっちよ。わたしじゃなくて。何を食べる？」

食事のあいだずっとジャンヌは、ミッキーと同じように片方の肘をテーブルにつき、頭を少し横にかしげていた。話すときはほっそりとした大きな手を広げ、教えさとすように人さし指を突き出す。それもまた、ミッキーの動作を誇張しているように見えた。

「今度はあなたが話す番よ」

「話すことなんて何もありません」

「だったらどうして会いに来たの？」

「ご説明しようと思って。でも、もうどうでもいいんです。わたしのことを疑っているようですから」

「説明するって、何を？」

「ミッキーはあなたのことが大好きなんです。あなたが帰ったあと、泣いていました。彼女に対して、厳しすぎるんじゃないですか？」

「本当に？　つまり、本当にそんなことを言いに来たの？　あなたに会う前には気づかなかったけど、だんだんわかってきたわ。あなたは度しがたいうぬぼれ屋ね。そんなに鈍い人たちばかりだと思っているなら大間違いよ」

「何をおっしゃっているのか、やはりわかりません」

「でもラフェルミおばあちゃんはわかってる。嘘じゃないわ。だからあなたは馬鹿だっていうの！　ミッキーはあなたより百倍も悪賢いのよ。わからないならわからせてあげる。あなたが当て込んでいるのは想像上のミッキーであって、本当の彼女じゃない。今はまだあの子も新しいおもちゃに夢中だけど、この調子で行けばあなたなんかすぐに捨てられる。ほかの気まぐれほども長続きしないでしょうね。もっと悪いことに、ラフェルミはあなたの手紙を受け取っても事を起こさなかった。あんな手紙を読んだら、誰だって身の毛がよだつわ。でもラフェルミは、あなたにやさしい返事をくれたでしょ？　おかしいと思わない？」

「手紙、手紙って、それがどうしたっていうんですか？」

「あなたの手紙にはミスがある。自分のことしか書いてないのよ。《わたしはどんなにミッキーになりたいか。わたしがミッキーの立場なら、あなたにどれほどよくしてあげられるか。あなたがミッキーに与えている生活を、わたしならどんなにうまく活用できるか！》そうでしょ？」

ドは両手で顔をおおった。

「いくつか知っておいてほしいの」とジャンヌ・ミュルノは続けた。「ともかくミッキーに気に入られるのが、あなたにとって一番なのよ。あなたにはわからない理由が、たくさんあって。それからタイミングを逃さないこと。ミッキーをラフェルミから引き離そうとしても無理ね。そこのところも、わかっていないようだけれど。じたばたしても無駄なのよ。もうひとつ、ラフェルミはこの四十五日間に三回も発作を起こした。一週間か一か月かしたら亡くなるでしょう。そうしたら、あなたの手紙は無意味なうえに危険になる。あとに残るのはミッキーだけなんだから」

ジャンヌは何も食べずに皿を押しやると、テーブルに置いてあったイタリアタバコの箱から一本抜き取り、こうつけ加えた。

「もちろん、あとにはわたしもいる」

二人は、歩いてレジデンスにもどった。お互い黙ったままだった。金髪の大柄な女はドの腕を取った。ロード＝バイロン通りの端に着くとドは立ち止まり、早口で言った。

「あなたといっしょに行きます。帰りたくありません」

二人はタクシーに乗った。クールセル通りの家は、ペンキのにおいが前よりもきつくなったようだ。ジャンヌ・ミュルノは部屋に入ると、ドが梯子の下をくぐらないようにさせた。暗闇のなかでドの肩に手をかけ、目の前に直立させる。自分と同じ高さに来るよう、少し爪先立ちまでさせて。

「落ち着きなさい。もう手紙はなし。誰とも言い争っては駄目よ。馬鹿な騒ぎは起こさないこと。何日かしたら、あなたはミといっしょにここに引っ越してくる。ほどなくラフェルミは亡くなるでしょう。わたしはミッキーに、フィレンツェに来るように頼むわ。あの子が来たがらないような言い方でね。フランソワのことは、わたしがうまい手を考えてあげるから待ってなさい。今は頭を悩ませることないわ。ともかく、できるだけミッキーを彼から遠ざけておくこと。うまく話を持っていくのよ。あの子をどこに連れていったらいいかも、あとで教えるから。さあ、わかったわね？　いい？」

窓からさし込む月光のなかで、ドはこくりとうなずいた。金色の目をした女の大きな手は、まだ肩を押さえている。ドはもうそれを振りほどこうとはしなかった。

「あなたが気をつけるのは、落ち着いていること。ミッキーを侮《あなど》ってはいけないわ。わたしも前に、同じ過ちを犯している。ある晩、わたしは彼女の肩に手をかけた。今、あなたにしているみたいに。でも結果は、惨憺《さんたん》たるものだった。そのときミッキーは十六歳。わたしがラフェルミに引き取られたのも、同じくらいの年ごろだった。あなただって、そんなに変わらないわ。あなたのことは馬鹿げた手紙でしか知らないけれど、昔だったらわたしもあんな手紙を書いたかもしれない。ミッキーを押しつけられたときは、いっそのこと溺死させようと思ったくらい。その気持ちは、今も変わっていないわ。でも、溺死なんかさせない。わたしにはあの子を厄介払いする、別の方法があるから。あなたよ。震えているけれど、わたしの言いつけを守るお馬鹿さん。だってそのお馬鹿さんも、ミッキーを厄介払いしたいと思っているのだもの」

「放してください。お願いです」

「よく聞いて。ラフェルミのところには、ミッキーの前にも同じような娘がいた。ミッキーより何センチか背が高く、歳は十八歳。それがわたしだった。わたしはフィレンツェで、靴の踵に小さな刷毛を使って色を塗っていた。やがてわたしは、欲しいものを何でも貰えるようになった。けれども、またすべて取り上げられてしまった。ミッキーが来たせいでね。それを肝に銘じて、落ち着いていてほしいの。かつてわたしも、今のあなたと同じ気持ちだった。でもそのあと、いろんなことを学んだわ。そこのところを、よく考えてね。さあ、もう行っていいわよ」

ドはジャンヌに手を引かれ、暗闇のなかを玄関に向かった。ペンキの缶に足がつまずいた。目の前のドアがひらく。ドはふり返ったけれど、大柄な女は黙って彼女を外に押し出し、ドアを閉めた。

翌日の十二時、ドがシャンゼリゼ通りのカフェから電話したとき、ジャンヌはもう発ったあとだった。誰もいない屋敷のなかを、ベルの音だけが部屋から部屋へ響いていたことだろう。

わたしは殺したのです

白い手袋をはめたわたしの手が、彼女の口を押さえる。彼女はその手をゆっくりのけると、立ち上がった。隣室からさし込む四角い光のなかに、背の高い人影が浮かぶ。前にもこんなふうに彼女と二人、薄暗がりのなかにいた晩があった。彼女はわたしの肩に手をかけ、髪の長い王女様《プリンセス》を殺そうと持ちかけたのだった。

「でも、どうしてあなたが何もかも知っているの？　知りえないことだってあるのに。ミッキーがわたしの部屋に泊まった晩のことや、わたしが彼女の窓の下を行ったり来たりした晩のこと。それに恋人だったたっていうガブリエルと、偶然出会ったことも……」

「もちろん、あなたが話してくれたからじゃない！」とジャンヌは答えた。「わたしたちは六月に、二週間もいっしょにいたのよ」

「レジデンスで喧嘩別れしたあと、ミッキーと会わなかったの？」

「ええ、会う必要などないもの。彼女をイタリアに連れ帰る気なんか、初めからなかったのだから。翌朝、フランソワ・シャンスに会って仕事の件を片づけ、予定どおり飛行機に乗った。フィレンツェにもどると、うんざりすることだらけだったけれど。ラフェルミはかんかんだったわ。もしかするとミッキーはわたしと会ったあと、ラフェルミに電話くらいしたかもしれない。でもあなたはそんなことないって、ずっと思っていたわ。いずれにしても、事態は少しも収まらなかった。ラフェルミは最後までご機嫌ななめだったから」

「ミドラ伯母さんはいつ亡くなったの？」

「一週間後よ」

「あなたは出発する前、ほかに何もわたしに言わなかったのね？」

「ええ、ほかに話すことなどなかった。あなたはわたしの言わんとすることを、完璧に理解していたわ。わたしと知り合う前から、ずっとそのことばかり考えていたんだもの」

突然、部屋が明るくなった。ジャンヌが明かりを灯したのだ。わたしは手袋をはめた手で目をおおった。

「消してちょうだい」

「わたしがあなたの世話をするわ。いいわね？　今、何時かわかってる？　くたくたに疲れているはずよ。手袋を持ってきたから、今はめているのは脱ぎなさい」

金髪の大柄な女は、注意深くわたしの手の上に身をかがめた。彼女に聞かされた話は、すべて悪夢ではないか。またしても、そんな気がしてきた。ジャンヌはやさしくて親切だ。わたしがミッキーを殺そうとするはずがない――何もかも嘘なんだ。

やがて夜が明ける。ジャンヌはわたしを二階に連れていった。廊下を通って、かつてのドムニカが使っていた部屋に近づいた。わたしはジャンヌの頰に顔を寄せ、必死にいやいやをした。彼女は察しよく、自分のベッドにわたしを寝かせた。わたしの入院中、彼女が使っていた部屋のベッドだ。ジャンヌはわたしの部屋着を脱がせ、飲み物をくれた。毛布とシーツにくるまって震えているわたしの上に身を乗り出して、疲れきった無表情な目で顔を見つめる。

一階で彼女の話を聞いていたとき、いつかはよくおぼえていないが、死にたいともらしたような気がする。急に眠くてたまらなくなり、わたしは馬鹿げた恐怖に襲われた。

「何を飲ませたの？」

「ただの水よ。それに睡眠薬を二錠」

いつものようにジャンヌは、わたしの目を見て考えをさとったらしい。そっと手を伸ばし、目をふさいだから。《あなたはどうかしてる、どうかしてる、どうかしてる》と、彼女の声が耳のなかでこだまする。けれども声はたちまち遠ざかり、顔に置かれた彼女の手も感じなくなった。縁なし帽をはすにかぶったアメリカ兵が笑いながらチョコバーをさし出し、定規を手にした小学校の女教師が指をたたきにやって来る姿がふっと脳裏に浮かんだかと思うと、わたしは眠りに落ちた。

朝になっても、わたしはずっとベッドにいた。ジャンヌはすぐわきで、服を着たまま毛布の上に寝そべっている。わたしたちはこれからも、クールセル通りで暮らすことにした。ジャンヌは殺人計画の話をし、わたしは前日の調査について話した。今にしてみると、わたしがミと入れ替わったことにフランソワが気づかなかったなんて、とても信じられない。

「事はそう単純じゃないわ」とジャンヌは言った。「あなたは肉体的に、もうドでもなければミでもない。顔のことだけじゃなく、あなたが与える印象も。歩き方だって、ミッキーとも違うし昔のあなたとも違う。それにあなたは何か月も、彼女といっしょに暮らしてたでしょ。最後の数週間は、うまく真似できるようにって必死に観察していたし。それが動作のひとつひとつに感じられる。最初の晩、あなたが笑ったとき、ミッキーなのかあなたなのか、わからなくなったくらいよ。最悪なのは、ミッキーがどうだったか、あなたがどうだったか、わたしにも思い出せなくなっているってこと。わたしがどんな気持ちだったか、想像がつかないでしょうね。あなたをお風呂に入れたとき、四年前に遡《さかのぼ》ったような気がした。あなたはミッキーより痩せているけど、四年前のミッキーはちょうどそんなふうだったから。でもすぐに、ありえないって思った。あなたたちは同じ背丈だけれど、まったく似てはいなかった。そこまでわたしが間違うはずない。だからあなたがお芝居をしているんじゃないかと、心配になったのよ」

「何のために？」

「わかるもんですか！　わたしを遠ざけ、ひとりになるためとか。頭がどうかなりそうだったわ。だってあなたが自分で気づくまで、わたしのほうから打ち明けるわけにはいかないのだから。お芝居が必要だったのはわたしのほう。あなたが本当にミッキーであるかのように話しかけるうち、わけがわからなくなってきた。この四日間で、ひとつ恐ろしいことに気づいたわ。けれどもわたしたちには、かえって好都合かもしれない。あなたの声を聞いたら、ミッキーの声を思い出せなくなっていたの。あなたのほくろを見たら、ミッキーにもあったかどうか、あなたにあったかどうか、わからなくなっていた。いい？　そんなこと誰にもわからないのよ。ふとあなたが見せたしぐさに、ミッキーだわって思った。そのしぐさのことばかり考えていたら、だんだんと自分が間違えているような気がしてきた。でも本当は、あなた本来のしぐさのあいだに、ミッキーのしぐさが出てしまっただけのこと。ミッキーそっくりにやらなくてはいけないと、あなたは何週間もずっと思っていたから」

「だからって、フランソワを騙《だま》せたかしら？　不可能よ。わたしは半日も彼といっしょにいたのよ。最初はわたしが誰かわからなかったけど、夜にはいっしょにソファに腰かけ、一時間以上もキスもされたり、触られたりしたわ」

「そのときあなたはミだった。フランソワもミのことを話し、ミを抱いていると思い込んでいた。それに彼の頭にあるのはお金だけ。ミのことなんか、少しも気にしてはいないわ。遺産と寝てるのよ。もう会わなければ、それで大丈夫。むしろフランソワ・シャンスに会ったことのほうが心配ね」

「彼は何も気づかなかったわ」

「どんなちっぽけなことでも、シャンスに気づかれるような機会は作らないようにしなくては。さあ、これからが正念場よ」

フィレンツェへもどったら、危険性はさらに高まるだろうとジャンヌは言った。そこではみんな、何年も前からミを知っている。ニースで心配なのは、ミの父親だけだ。そうか、わたしは自分が殺した娘の父親に会い、その腕に飛び込まねばならないのだ。娘だったらそうするように。ニースではわたしの両親も、まだ娘の死に涙している。きっとわたしに会って、娘の話を聞きたがるだろう。両親は恐ろしさでいっぱいになりながら、わたしを見つめるだろう――そしてわたしの正体に気づくだろう。

「馬鹿なこと言わないで!」とジャンヌは、わたしの腕をつかんで叫んだ。「両親に会ったりしては駄目。ミッキーの父親は仕方ないけれど。少し涙を流せば、感きわまったせいだと思ってくれるわ。でもあなたの両親のことは、もう考えないようにしなさい。もしかして、両親のことを思い出したの?」

「いいえ。でも、いつか思い出したら?」

「そのときあなたは、彼らの娘じゃない。別人になっているのよ。あなたはミッキー。ミシェル・マルト・サンドラ・イゾラ。一九三九年十一月十四日生まれ。あなたは四か月若がえり、指紋をなくし、一センチ背が伸びた。それだけの話よ」

それはまた別の苦しみの始まりにすぎなかった。昼にジャンヌはヌイイの家へ行き、スーツケースに手あたりしだい服を詰め込んで持ってきた。わたしは運ぶの手伝おうと、部屋着のまま庭に出た。そんなことをしたら死んじゃうわよとジャンヌは言って、わたしを家に引きかえさせた。

ジャンヌにせよわたしにせよ、口をひらけば話はまたカデ岬の晩へともどっていった。ジャンヌに聞かされた、事件の晩の出来事へと。わたしはそんなこと考えたくなかったし、休暇のときにジャンヌが撮ったミッキーの映像を見て、彼女に似せる練習をするのも拒絶した。けれどもささいな言葉の裏にも、つい別の意味を感じ取ってしまう。するとどんな映像よりも耐えがたいイメージが、脳裏に浮かんでくるのだった。

ジャンヌはわたしに服を着せ、昼食を食べさせた。そしてわたしが前日に犯した失敗を取りもどすため、フランソワ・シャンスのところへ出かけるので、悪いけれども二時間ほどひとりにすると言った。

わたしは肘掛け椅子を転々としながら、午後を過ごした。鏡に顔を映し、手袋を脱いで手を見る。そして恐怖にうち震えながら、わたしのなかに入り込んだ何者かを眺めた。実体のない何者か、ただの言葉、茫漠とした考えを。

自らが犯した罪よりも、誰かに操られていると感じることのほうが苦しかった。わたしは見知らぬ三人の人物が手にする空疎なおもちゃ、マリオネットだ。もっとも強く糸を引くのは誰だろう？　妬み深く、蜘蛛《くも》のように忍耐強い銀行員の女か？　激しい同化願望の末、いつか鏡のなかからわたしを見かえすことになる死んだ王女様《プリンセス》か？　それとも何週間ものあいだわたしに会わないまま、殺人へと導いた金髪の大柄な女か？

ジャンヌが言うには、ミドラ伯母さんが亡くなってもミッキーはフィレンツェ行きの話に耳を貸そうとしなかったそうだ。葬儀はミなしで行なわれたが、ラフェルミの近親者にことさら説明はなかった。

ミッキーは伯母さんの死を知った晩、フランソワやほかの友達を引き連れて町に繰り出した。ミッキーはしこたま酔っ払い、エトワール広場のナイトクラブで大騒ぎしたあげく、わたしたちを追いかえそうとした係員に暴言を吐き、フランソワとは別の男を部屋に連れ込もうとした。彼女が頑として言い張るものだから、フランソワは自分の家に帰らねばならなかった。

フランソワが帰った一時間後、結局その男もたたき出され、夜ふけまでミッキーのなだめ役をしたのはわたしだった。ミッキーは死んだ母親のことや子供時代のことを、泣きながら話した。ジャンヌとは永遠の別れになった、もう彼女のことも誰のことも聞きたくない、いずれあなたもそれがどういうことかわかるだろうと言い、最後は睡眠薬の力を借りた。

何日ものあいだ、たくさんの人々がミッキーに会いたがった。みんな彼女に同情し、いろいろなところに招いた。ミッキーは分別あるところを見せ、ラフェルミの遺産を受け継ぐ億万長者にふさわしく振舞った。クールセル通りの屋敷が住めるようになると、工事が完了しないうちからすぐに引っ越した。

ある日の午後、わたしが新居にひとりでいるとき、ジャンヌから電報が届いた。そこには彼女の名前と、フィレンツェの電話番号しか書かれていなかった。わたしはすぐに電話した。ジャンヌは開口一番、ミッキーの家からかけては駄目でしょと言い、フランソワを遠ざける時期だと続けた。ふと疑問に思ったようなふりをして、クールセル通りの家の見積書を調べるようミッキーにもちかけ、彼女の恋人が納入業者とどんな契約を結んでいるかを確認させるのだとも。一週間後、もう一度同じ番号に電話しなさい、そのときは郵便局からかけたほうがいい、とジャンヌは言った。

翌日、ミッキーは調査をし、納入業者にも会ったが、彼女が思っていたとおり、計算書には何もおかしな点は見つからなかった。ジャンヌが何をたくらんでいるのか、わたしにはわかりかねた。明らかにフランソワの狙いは、絵画や家具の手数料などではない。ミッキーを騙すつもりなら、そんな見えすいた手を使うわけがない。

わたしたちが家にもどると、フランソワは修羅場を見ることになった。その場に立ち会ったわたしは、問題は別なところにあるのだとわかった。フランソワはすべて自分で取り仕切っていた。そしてミッキーが改装計画について話す前から、見積書や請求書の写しをフィレンツェに送っていたのだ。フランソワは精一杯、自己弁護をした。自分はシャンス弁護士のもとで働いているのだから、ラフェルミと連絡を取るのは当然だと。ミッキーは彼をおべっか使い、スパイ、ヒモ根性とののしって、部屋から追い出した。

翌日、ミッキーはまたフランソワに会っただろう。けれども今となってみれば、ジャンヌの意図がよくわかる。わたしは彼女が用意したきっかけを、うまく利用しさえすればよかった。ミッキーはシャンスを問いつめたが、シャンスは何も知らなかった。そこでフィレンツェに電話してラフェルミの秘書にたずね、フランソワがミドラ伯母さんに取り入ろうとしてご注進したのだとわかった。お笑いぐさなことに、彼もまた貰った小切手を送り返していたのだった。

わたしは言われたとおりジャンヌに電話した。五月も終わろうとしている。パリは快晴続きだったけれど、南仏はもっといい天気だ。いつものようにミッキーをおだて上げ、南仏に連れていってもらいなさい、とジャンヌはわたしに言った。ラフェルミは海岸に別荘を持っている。場所はカデ岬。時機が来たらそこで会おうと。

「時機って、何をするための？」

「電話を切りなさい」とジャンヌは言った。「あなたに覚悟を決めさせるため、するべきことをするわ。あなたはおとなしく待ってて。わたしが二人のためにうまく考えるから。一週間したら、また電話してちょうだい。南仏行きの準備ができていることを期待するわ」

「遺言書はまだ開封されていないんですか？　何か問題でも？　わたしも知っておきたいのだけれど……」

「切りなさい」とジャンヌは言った。「あれこれ訊かないで」

十日後の六月初頭、ミッキーとわたしはカデ岬に着いた。彼女の小さな車にスーツケースを詰め込み、一晩じゅう走ってきたのだった。〈ミュルノ〉とも知り合いだという、イヴェットという名の地元の女が、別荘のドアをあけてくれた。

広々として日当たりのいい、松の香りがする家だった。見おろすと、岬の下にひとけのない砂利浜が続いている。わたしはそこへ海水浴をしに行った。ミッキーは泳ぎを教えてくれた。わたしたちは濡れた水着のままベッドに寝そべり、並んで夕方まで眠った。

　わたしのほうが先に目を覚ました。すぐわきで眠っているミッキーを、わたしはいつまでも眺めていた。長い睫毛を伏せ、どんな夢を見ているのだろう？　ミッキーの生き生きとした温かい脚を押して、自分の脚から離す。わたしは恐ろしくなった。車に乗って、いちばん近い隣町のラ・シオタまで行き、怖くてたまらないとジャンヌに電話した。

「だったら、もとの世界に帰りなさい。別の銀行をさがすか、洗濯女にでもなるのね。あなたのお母さんみたいに。わたしにもうかまわないで」

「あなたがここにいれば、違うんです。どうして来てくれないんですか？」

「どこから電話しているの？」

「郵便局からです」

「だったら、よく聞きなさい。ラ・シオタの《カフェ・ド・ラ・デジラード》気付で、ミッキー宛に電報を送るわ。海岸の端、カデ岬方面に曲がる手前にある店よ。帰りに寄って、電報が来る予定だと言っておくの。明日の朝カフェに行って電報を受け取ったら、また電話して。もう切るわよ」

　わたしはカフェに行ってコカコーラを注文し、イゾラ宛の電報が届いたら取っておいてくれるよう店の主人に頼んだ。それは仕事の連絡かラブレターかと、主人はたずねた。ラブレターだと答えると、じゃあ喜んでと彼は言った。

その晩、ミッキーは沈み込んでいた。マダム・イヴェットが用意してくれた夕食をすますと、わたしたちは彼女の自転車をMGのうしろにくくりつけ、レ・レックの家まで送ってあげた。そのあとミッキーは、もっとにぎやかな場所まで行こうと言いだし、いっしょにバンドルまで車を走らせた。午前二時まで踊り、南仏の退屈な若者たちと知り合い、家に帰った。ミッキーは自分とわたしの部屋を決め、眠たげな唇でわたしの頬にキスをすると、「こんな片田舎にいたら、カビが生えちゃうわ」と言った。わたしはイタリアへ行ってみたかった。ミッキーは連れていってくれると約束した。ナポリ湾、カステラマーレ、ソレント、アマルフィを案内してあげると。すてきなところよ。おやすみなさい、おちびちゃん。

翌日の昼前、わたしは《カフェ・ド・ラ・デジラード》に行った。ジャンヌの電報は意味不明だった。「クラリス、パッキン。愛をこめて」わたしはラ・シオタの郵便局からジャンヌに電話した。

「ミッキーはこんなところつまらないって言ってます。わたしをイタリアに連れていきたいって」

「あの子はもう、あまりお金を持っていないはずよ」とジャンヌは言った。「誰も知り合いはいないし、遠からずわたしに連絡してくる。それまでは行くわけにいかないわ。向こうがいやがるだろうから。ところで、わたしが出した電報は読んだわね？」

「はい。でもわけがわかりませんでした」

「わかると思っていないわ。二階のことを言っているの。右側の最初のドア。そこをひと回りして、よく考えなさい。特に電話では、話すより考えるほうがいつだって大事なのよ。ゆるめて、毎日濡らす。あなたがするのはそれだけ。電話を切ったらよく考えて。もちろん、あなたたちがイタリアに来るなんて問題外よ」

受話器からざあざあという雑音が聞こえた。それにくぐもった声が。ラ・シオタからフィレンツェまで、交換局と交換局をつなぐ声だ。少なくともひとり、聞いている者がいる。けれどもこんな謎かけのような話を聞いて、何が面白いんだろう？

「また電話しますか？」

「一週間後に。気をつけてね」

夕方近くになって、ミッキーが浜辺で寝そべっているあいだに、寝室の隣にある浴室に入った。クラリスというのは、湯沸かし器のメーカー名だった。配管はまだ新しく、塗装はしていない。管は浴室の壁をぐるりと這っていた。接ぎ目は管が曲がった先にあった。そこをはずすには、ガレージに行ってスパナを取ってこなければならない。スパナは車の道具袋にあった。マダム・イヴェットは一階で、タイルの床を拭いていた。彼女のおしゃべりにつき合って、何分か無駄にしてしまった。浴室にもどると、いつミッキーが入ってくるのではないかとびくびくだった。階下でマダム・イヴェットが椅子を動かす音がするたび、どきっとして飛び上がった。

それでもなんとか接合部のナットをはずし、パッキンを取り出した。ボール紙のような素材の板だ。わたしはそれをもどし、もとどおりナットをはめてガス栓をひらき、さっき消しておいた湯沸かし器の種火をつけた。

道具袋にスパナをもどしていると、ミッキーが浜辺に続く小道を上ってくるのが見えた。

ジャンヌの計画は、半分しか明かされていなかった。毎日パッキンを濡らすのは、少しずつ自然に劣化したように見せかけるためだろう。湿気があるのは、わたしたちがお風呂に入るたびに出る湯気のせいにできる。天井や壁のペンキに湯気の跡を残すため、わたしは入浴の回数を増やすことにした。けれども、それからどうするつもりなんだろう？　ジャンヌがガス管を故障させるつもりだとしたら、火事を起こそうと思っているからだ。種火がついたまま管からガスが漏れれば、爆発が起きる――でも管から充分なガスが漏れるとは思えない。ナットが閉まっていれば、それだけでもガス漏れはかなり抑えられるはずだ。

たとえジャンヌの計画がもっとうまく練られていて、火事を起こせたとしても、それが何になるだろう？　ミッキーがいなくなったら、わたしは今送っている生活を取り上げられる。それではもとも子もない。一週間、わたしはあえて何も考えずに、ジャンヌに言われたとおりを実行した。パッキンを水に浸し、指で少しずつぼろぼろにしていく。それとともに、わたしの決意も揺らいでいくのがわかった。

「これからどうするつもりなのか、わからないんですけど」とわたしは電話でジャンヌに言った。「今すぐこっちに来てください。さもなければ、もう手を引きます」

「わたしが言ったことは、ちゃんとやってくれた？」

「ええ。でも、そのあとのことを知りたいんです。こんなことをして、あなたにどんな意味があるのかは知りませんが、わたしには何の意味もありません」

「馬鹿なこと言わないで。ミッキーはどんな様子？」

「元気です。泳ぎに行ったり、プールでボール遊びをしたり。やり方がわからなくて、水をいっぱいにはできませんでしたけど。それから散歩もします」

「男の子は？」

「ひとりもいません。ミッキーを寝かすのに、手をつないであげています。恋愛はもうたくさんなんて言ってます。ちょっとお酒が入ると、あなたのことを話してますよ」

「あなた、ミッキーの口真似ができる?」

わたしは質問の意図がわからなかった。

「そこにあるのよ、あなたがこの計画を続ける意味は。わかった? わからない? まあいいわ。ともかくミッキーの真似をして、ちょっと何か話してみて」

「『そんなの人の暮らしだと思う? だいたい、ジャンヌは頭がおかしいのよ。彼女の星座が何だか知ってる? 牡牛座。牡牛座の人には気をつけなさい。牡牛みたいに気が荒いんだから。頭はつまっているけど、心はからっぽ。あなたは何座? 蟹座は悪くないわ。そういえば、蟹みたいな目をしてる。前にも知り合いにいたわ、そんな目の人が。真ん丸に見ひらいちゃってさ、おかしいったらなかった。ジャンヌなんて、かわいそうなだけ。哀れな人よ。少しばかり背が高すぎるせいで、自由に生きられないんだわ。彼女が何考えているかわかる?』」

「もういいわ」とジャンヌは言った。「それ以上、聞きたくない」

「でも、なかなかうまいでしょう? 電話で話すのは、たしかにむずかしいですけど。

それじゃあ、こんなものでいいですか？」

「いいえ、今のはただの反復。創意工夫がないわ。自分で作り上げなきゃ駄目でしょう？　そこのところをよく考えなさい。一週間後にはそっちに行くわ。ミッキーから連絡があったらすぐに」

「そのときには、きちんとした説明をしてほしいです。『考えろ』ってさんざん言われるから、考えていますけど」

その晩、夕食をとりにバンドルへ向かう車のなかで、ミッキーはさっき変わった青年と知り合ったと言った。変わったことを考える変わった青年と。それからミッキーはわたしをじっと見つめ、こんな田舎も面白そうだとつけ加えた。

ミッキーは財政の悪化を、わたしに知らせなかった。わたしはお金が必要になると、彼女に言ってもらっていた。翌日、ミッキーは理由も言わずに、ラ・シオタの郵便局前で車を停めた。わたしたちはいっしょになかに入った。彼女といっしょにこの郵便局にいるなんて、生きた心地もしなかった。おまけに係員が、わたしにこうたずねた。

「フィレンツェにですか？」

さいわいミッキーは気づかなかったか、自分が言われたのだと勘違いしたらしい。実際、彼女はフィレンツェへ電報を送ろうとしていた。ミッキーは面白がって文面を考え、わたしに読ませた。内容はお金の無心だ。ということは、ほどなくジャンヌがこっちに来る。それが例の「目、口、両手、頼みを聞いて」という電報だった。

ジャンヌは三日後の六月十七日、ブロンドの髪をスカーフでつつみ、白いフィアットに乗ってやって来た。別荘にはたくさんの人がいた。ミッキーが近くの浜辺で知り合い、集めてきた若い男女だ。わたしは車をしまっているジャンヌのほうに駆け寄った。彼女はスーツケースをひとつさし出すと、わたしを家のほうに引っ張っていった。

ジャンヌの到着を合図にあたりは静まりかえり、やがて客たちは引き上げ始めた。ミッキーは彼女に声もかけなかった。ただ悲しそうにさよならを言い、都合のいいときにまた来てねとみんなに頼んでいた。ミッキーは酔って興奮気味だった。ふんわりとしたドレス姿のジャンヌは、前より若く見えた。彼女はさっそく部屋を片づけ始めていた。

もどってきたミッキーは、グラス片手に肘掛け椅子にすわり込むと、ジャンヌの手伝いをしていたわたしに、家政婦みたいな真似はやめるように言った。前にもいつか警告したじゃない。一度でもこの女の命令を聞いたら、もうおしまいなのよ。

それからミッキーは、ジャンヌに向かって言った。

「必要なのは小切手よ。あなたなんか呼んでないわ。小切手を出して。何ならここに泊まっていってもいいけど、明日になったらさっさと帰って」

　ジャンヌはミッキーに近寄り、長いあいだじっと見つめていた。それから身をかがめて彼女を抱きかかえると、シャワーの下に連れていった。しばらくして、ジャンヌはプールサイドに腰かけていたわたしのそばに来て、ミッキーはもう落ち着いたから、そのあたりをひと回りしようと言った。

　ジャンヌはわたしを車に乗せ、カデ岬とレ・レックのあいだにある松林へ行った。

「七月四日はあなたの誕生日よね」とジャンヌは言った。「あなたとミッキーはレストランで夕食をし、いっしょに誕生会をする。あとから見ても、それは別段不自然なことじゃないわ。事を起こすのはその晩よ。パッキンはどうなってる？」

「紙粘土みたいにぶよぶよです。でもあなたの計画は馬鹿げてます。ナットが締まっていれば、ガスは漏れませんから」

「その晩、管を締めているナットからは、ガスが漏れるのよ！　わたしは別のナットを持ってる。同じガス工事会社から手に入れた同じナットだけど、そっちは裂け目が入っていて、ぼろぼろに錆びているの。どう、わかった？　火事が起きて捜査や鑑定が行なわれても、何の問題もないわ。配管工事は今年行なわれた。疵《きず》もののナットなら、それくらいの時間で錆びるでしょう。家には保険がかかっている。わたしがかけたの。でも、ちゃんと考えてしたことよ。保険会社だって、いちいち文句をつけないわ。問題はあなたね」

「わたし？」

「うまくあの子の代わりがつとまりそう？」

「それについては、あなたのほうに何かお考えがあるのかと思ってました。つまり、わたしが想像しているのとは別の計画が」

「ほかの計画なんてないわ」

「じゃあ、わたしひとりでしなければならないんですか？」

「わたしも火事に遭ってたら、いくらあなたのことをミッキーだと言っても、誰も信じてくれないでしょうね。でもあなたが誰かを真っ先に確認するのは、わたしでなくてはいけない。だいいちわたしがそこにいたら、何て思われるか？」

「さあ」

「二日とかからず、すべてばれてしまう。火事に遭うのはあなたたち二人だけで、あなたがわたしの言ったとおりにすれば、何も問題はないわ」

「ミッキーを殴って、気絶させるんですか？」

「ミッキーは酔ってるでしょうから、いつもより一錠多く睡眠薬を飲ませるのよ。そのあとはあなたがミッキーになるわけだし、司法解剖も行なわれるでしょうから、あなたも睡眠薬を常用していたって、今からみんなに思わせておきなさい。誰か見ている人がいたら、その日はあの子と同じものを食べ、同じものを飲まなくては」

「わたしは自分で自分の顔を焼かなければならないんですか?」

ジャンヌはわたしを励まそうと、頬ずりしただろうか? この場面のことを話したとき、彼女はそうしたと言った。彼女がわたしに愛着を抱き始めたのは、このときからだと言ったのだった。

「問題はそこだけ。もしあなたの顔が少しでもわかるようなら、二人ともおしまいってことね。だったら計画はストップして、わたしはあなたがドだと認めることになる」

「わたしにはできっこありません」

「大丈夫、できるわ。わたしの言うとおりにすれば、ほんの五秒ですむことよ。そのあとあなたは、もう何も感じなくなる。気づいたときには、わたしがそばにいるから」

「どこをわからなくすればいいんですか? わたしも焼け死なないとは限らないわ」

「顔と手よ」とジャンヌは言った。「火を感じた瞬間から危険を脱する瞬間まで、あいだはたった五秒」

そしてわたしはやりとげたのだった。結局ジャンヌは二週間、ミッキーやわたしといっしょに別荘で過ごした。そして七月一日の前日、仕事があるという口実でニースへ行った。わたしはそのあとの三日間を、ミッキーとふたりきりで過ごした。普段のように振舞い続けられた。最後までやり抜くことができた。

七月四日の晩、バンドルの町にMGがやって来て、ミッキーがゆきずりの若者五、六人を引き連れ、友人のドムニカと酔っ払う姿が見られた。午前一時、ドムニカが運転する白い小型車は、カデ岬へと向かった。

それから一時間後、別荘の端から火の手が上がった。ガレージとドムニカの浴室がある側だ。隣の寝室で、二十歳の娘が焼死した。着ていたパジャマと右手にはめていた指輪から、死体の身元はドムニカだということになった。もうひとりの娘は彼女を炎のなかから救い出すことができなかったが、助けようとしたらしい形跡は見られた。火が回った一階で、彼女はマリオネットとして最後の振舞いを終えた。丸めたミッキーのネグリジェに火をつけ、大声でわめきながら両手でつかんで頭にかぶったのだ。五秒後、たしかに終わっていた。彼女はプールまでたどり着くことなく、階段の下に倒れた。もう誰もボール遊びをしていないプールの水は、飛び散る火の粉を受けてかすかなさざなみを立てていた。

わたしはやりとげたのだ。

「それじゃあ、あなたは何時に別荘に来たの？」

「午後十時ごろよ」とジャンヌは答えた。「あなたたちはとっくに夕食に出かけてた。わたしはナットを交換し、種火をつけずにガス栓をあけた。あとはあなたが二階に上がり、火をつけた脱脂綿を部屋に投げ込むだけ。あなたはミッキーに睡眠薬を飲ませたあと、火を放つことになっていた。そうしたはずだと思うわ」

「そのとき、あなたはどこに？」

「アリバイを作るため、トゥーロンに引き返してた。レストランに入り、ニースから来てカデ岬に行くところだと言った。でも再び別荘にやって来たとき、火事はまだ起きていなかった。午前二時だったから、あなたは遅れているんだってわかったわ。二時にはすべて終わっている予定だったから。たぶんミッキーが、なかなか帰りたがらなかったのでしょう。よくわからないけど。あなたは、急に気分が悪くなったことにする。ミッキーは一時までに、あなたを別荘に連れ帰る。そういう計画だったけれど、何かうまくいかないことがあったのね。だって帰りの車を運転していたのは、あなただったのだから。目撃者の見間違いかもしれないけれど」

「それからどうしたの？」

「仕方ないから街道で待機してたわ。二時十五分ごろ、火の手が上がるのが見えたけど、わたしはもう少し待った。現場に最初に着くのはよくないと思ったから。玄関前の階段下であなたを抱き上げたとき、まわりにはパジャマやネグリジェ姿の人が五、六人、なす術もなく立ちつくしていた。ほどなくレ・レックから消防車が到着して、火事を消し止めた」

「最初からわたしは、ミッキーを部屋の外に連れ出そうとする予定だったわけ？」

「いいえ。でも、なかなかいい考えだったわ。マルセイユの刑事たちは感心していたみたいだもの。だけど、危ないところだったのよ。あなたが足の先から頭のてっぺんまで真っ黒に焼け焦げてたのは、きっとそのせいだわ。二階の部屋で火傷を負い、窓から飛び下りたのかもしれない。本当なら一階で、ネグリジェに火をつけるはずだったのに。そこからプールまで何歩で行けるか、二人でくりかえし測《はか》ったわ。十七歩よ。ネグリジェを燃やすのは、近所の人たちが駆けつけるのを待ってからにする計画だった。そうすれば、みんながちょうど到着したときに、プールに飛び込めるから。きっと待ちきれなかったんでしょう。すぐに水から引き上げてもらえないと思い、プールに飛び込まなかったのね」

「火のついたネグリジェをかぶったとたん気絶して、もっと遠くまで行けなかったのかも」

「さあ、どうだか。頭のてっぺんにあった傷は、かなり大きくて深かった。シャヴェール先生は、あなたが二階から飛び下りたのだと思っているわ」

「燃えているネグリジェを頭にかぶって、プールまでたどり着けなかったら、死んでいたかもしれないのに！　こんな計画、まともじゃないわ」

「いいえ、わたしたちは、同じようなネグリジェを四枚も燃やしてみたのよ。すきま風がなければ、燃えつきるのに七秒以上はかからない。プールまで十七歩で行けるはずだから、五秒か、せいぜい七秒。それに顔と手を焼くだけで死ぬはずないわ。頭の傷は想定外だった。体の火傷もそう」

「つまりわたしは、想定外の行動を取ったのかもしれないのね？　どうして最後まで、言われたとおりにしなかったのかしら？」

「何が起きたのかを、わたしなりに話したのよ」とジャンヌは言った。「言われたとおりにするのが、あなたにはむずかしかったのかもしれないわ。計画はもっと複雑だった。あなたはすべきことやその結果が怖かった。わたしのことが怖かったんだわ。

あなたはぎりぎりになって、何か予定にないことをしようとした。ミッキーの死体は部屋の入口で見つかったけれど、計画ではベッドの上か、その近くに倒れているはずだった。もしかしたら一瞬あなたは、本気で助けようとしたのかもしれない」

十月のあいだ十日、十五日と、夜中に同じ夢を見た。火事や水のなか、運転手のいない大きな車がぺしゃんこになるなかから、髪の長い娘を大急ぎで引っ張り出そうとするのに、どうしてもうまくいかない。わたしは卑怯者《ひきようもの》だ。そう思ってぞっとしながら、目を覚ますのだった。哀れな娘に睡眠薬を飲ませ、焼き殺すような人間、彼女を救おうとしたなんていう嘘を受け入れてしまう、情けない人間なんだ。記憶喪失は逃避だった。何も思い出せないのは、思い出すのがとても耐えきれないからなんだ。

わたしたちはパリに十月の終わりまでいた。わたしはバカンス中のミッキーを撮った八ミリ映画を、二十回、三十回と見て、彼女の動作や歩き方、目をぱっとカメラに、こちらに向ける動きを練習した。

「声も同じようにぶっきらぼうだったわ」とジャンヌは言った。「あなたの話し方はゆっくりすぎる。あの子は前の言葉を言い終えないうちに、もう次の言葉に入っている感じだった。話すのがまどろっこしい、相手はとっくに全部わかっているんだとでもいうように、考えがぽんぽんと飛んでいくの」

「つまりミッキーのほうがわたしより、頭がよかったってことね」

「そうは言っていないわ。さあ、やってみて」

わたしはやってみた。そしてできるようになった。ジャンヌはわたしにタバコを持たせて火をつけると、じろじろと検分した。

「吸い方は似ているけど、あなたのはただ吸っているだけ。ミッキーは二回ふかしたら、すぐもみ消すの。どんなものでも、触ったと思ったらもう投げ出してる。それをよくおぼえておきなさい。面白いと思うことも数秒しかもたないし、日に三回服を変える。つき合う男の子だって、一週間ともたないわ。今日はグレープフルーツジュースが好きだったのに、明日はウォツカに変わってる。二回ふかして、もみ消す。簡単でしょ。そうしたらすぐ、また別のタバコに火をつけるといいわ」

「ずいぶんとお金がかかりそうね」

「あなたらしいわね。でもミッキーのせりふじゃないわ。二度とそんなこと言っては駄目よ」

ジャンヌはわたしに、フィアットのハンドルを握らせた。少し練習しただけで、さほど危なげなく運転できるようになった。

「MGはどうなったの？」

「火事でいっしょに燃えてしまったわ。ガレージでめちゃめちゃになっていた。すごい、ハンドルの持ち方なんか、ミッキーそっくり。あなたはそんなに馬鹿じゃない、よく観察してたってことね。それにあなたは、ミッキーの車しか運転したことがなかったのよ。いい子にしてたら、南仏に行ったときに一台買ってあげるわ。あなたの、お金でね」

ジャンヌはわたしにミッキーのような服装をさせ、ミッキーのような化粧をさせた。ざっくりとしたニットのスカート、ペチコート、白やうす緑、スカイブルーの下着。それにラフェルミのパンプス。

「あなたが踵に色を塗っていたころは、どんな靴だったの？」

「ひどいものだったわ。ちょっと回って、見せてみて」

「回ると頭が痛くなるわ」

「あなた、きれいな脚をしているわね。あの子もだった、おぼえていないだろうけど。こんなふうに、あごを上に向けてた。ほら見て。歩いて」

わたしは歩き、腰かけ、また立ち上がった。ワルツのステップを踏んだ。引き出しをあけた。話しながら、ナポリ風に人さし指を立てた。もっとけたたましく笑った。

体をまっすぐ伸ばし、両方の爪先を直角に向けて脚を広げた。わたしは言った。「ミユルノ、変なの、チャオ、とんでもないわ、ほんとよ、わたしってかわいそう、好きよ、嫌いよ、そうでしょ、ろくでもないやつばかり」わたしは伏目がちになって、疑わしそうに首を振った。

「悪くないわ。その手のスカートをはいて腰かけるときは、必要以上に脚を見せないこと。こんなふうに両脚を斜めにそろえるの。ときどき、あの子がどうしていたか思い出せなくなるわ」

「わたしじゃ力不足ってことね」

「そんなこと言ってないわ」

「でも考えているでしょ。そんなに苛立って。わたしはできる限りのことをしてる。一生懸命やってるのよ」

「わかったから、続けて」

それはミッキーのささやかな復讐《ふくしゅう》だった。今では彼女のほうが、かつてのドムニカより大きな存在感で、わたしの重い脚に鞭をいれ、憔悴した心を駆り立てた。

ある日、ジャンヌはわたしを死んだ娘の友人たちのところに連れていった。彼女はぴったりと寄りそい、わたしがどんなにつらい思いをしているか説明した。それですべてうまくいった。

翌日から、わたしは電話に出てもいいことになった。同情や心配の電話が次々とかかってきた。五分だけでも会って、話がしたいという者もいた。ジャンヌも通話を聞いていて、相手が誰だったのかをあとで説明した。

けれどもドの恋人だったガブリエルが電話してきた朝、ジャンヌは出かけていた。当惑されるのも無理ありませんがと言って、彼は自分が何者かを説明した。

「お会いしたいんですけど」と彼は続けた。

どう作り声をしたらいいのだろう？　何かまずいことを、言ってしまうのではないか。わたしは恐ろしさのあまり、沈黙を続けた。

「聞いてますよね？」

「今は会えません。よく考えてみないと。わたしがどんな状態か、おわかりじゃないようですが」

「いいですか、どうしてもお会いしなければならないんです。こうしてあなたをつかまえるのに、三か月もかかりました。もう逃がしませんからね。いくつか、どうしても知りたいことがあるんです。そちらにうかがいます」

「いらしても、ドアはあけません」

「せいぜい、気をつけるんですね」と彼は言った。「ぼくには性質《たち》の悪いところがありまして。執念深いんですよ。あなたが困るからって、こっちは痛くもかゆくもない。ドの苦しみのほうが、ずっと大きかった。彼女は死んでしまったんですから。行ってもいいですね？」

「お願いです。わかってください。誰にもお会いしたくありません。少し時間をください。いずれお会いすると約束しますから」

「行きますからね」と彼は言った。

ジャンヌが先に帰ってきて、ガブリエルに応対した。一階の玄関ホールから、二人の声が聞こえてくる。わたしはベッドに横たわり、手袋をはめた拳を口にあてた。しばらくすると、玄関のドアが閉まる音がした。ジャンヌがやって来て、わたしを抱いた。

「あんな男、恐れるに足りないわ。自分は冷血漢じゃない、恋人が死んだときの状況をたずねに行かなくちゃって思い込んでいるのね。でも心配いらないから、落ち着きなさい」

「会いたくない」

「大丈夫よ。もう片づいたから。彼は帰ったわ」

あちこちから招待も受けた。わたしと顔を合わせると、皆どう対応していいのかわからないらしく、ジャンヌに様子をたずね、がんばってと言うだけだった。

ジャンヌはある雨の晩、クールセル通りで小さなパーティーまでひらいた。わたしたちがニースに発つ二、三日前だった。それはわたしが新たな生活に放り出される前の模擬試験というか、リハーサルのようなものだった。

ジャンヌから離れて一階の部屋にいたとき、招かれてもいないフランソワ・ルッサンが入ってくるのが見えた。ジャンヌも彼に気づき、人ごみを静かにかきわけてわたしのほうに向かってきた。

フランソワが言うには、ここに来たのはしつこい恋人としてではなく、ボスにつきそう秘書としてなのだそうだ。それでも恋人面して話し始めたとき、ジャンヌがやっとそばまでたどり着いた。

「この子にかまわないで。さもないとたたき出すわよ」とジャンヌは彼に言った。

「できもしないくせに、偉そうな口きくなよ。いいかい、ミュルノ、あんたなんか一発で殴り倒せるんだ。そうやっておれの邪魔をし続けるなら、覚悟しとけよ」

二人は一見仲がよさそうにして、小声で話していた。わたしはジャンヌの腕を取り、帰ってほしいとフランソワに言った。

「きみに話があるんだ、ミッキー」とフランソワはねばった。

「話ならもうしたわ」

「まだ言ってないことがある」

「充分、聞いたわよ」

ジャンヌを彼から引き離したのはわたしだった。フランソワはすぐに遠ざかり、フランソワ・シャンスと何やら話していた。彼が玄関ホールでコートを着ているとき、一瞬目が合った。わたしは、怒りに満ちたその目から顔をそむけた。

夜も更けて客たちがみんな帰ると、ジャンヌはわたしをいつまでも抱きしめ、こう言った。あなたは期待どおりに振舞った、わたしたちは成功するだろう、いや、もう成功したのだと。


ニース。

ミッキーの父親、ジョルジュ・イゾラはとても年老い、とても痩せて、とても青白い顔をしていた。キスする決心がつかないのか、目にいっぱい涙をため、頭を揺すりながらわたしを見つめるばかりだった。ようやく彼がキスしたとき、すすり泣きが胸に沁みた。奇妙なひとときだった。というのもわたしは怯えてもいなければ不幸でもなく、嬉しそうなジョルジュ・イゾラを見て幸福に打ち震えていたのだから。数分のあいだ、わたしは自分がミッキーではないことを忘れていたのだろう。

わたしはまた会いに来ると約束し、元気だから大丈夫だと言い添えた。プレゼントやタバコを残して帰るとき、なんてひどいことをしているのだろうと感じた。ジャンヌはわたしを連れて車に乗ると、思う存分泣かせてくれた。けれども感情がたかぶっているなら、ちょうど都合がいいからと申し訳なさそうに言った。シャヴェール先生とも、面会の約束をしてあったのだ。ジャンヌはまっすぐシャヴェール先生のところへ向かった。こんな状態のわたしを見せるに越したことはないと、彼女は考えていた。たしかにシャヴェール先生は、父親に会ったことでわたしが動揺するあまり、回復に支障をきたすと思ったらしい。わたしが肉体的にも精神的にも打ちのめされているので、もうしばらく誰にも会わせないほうがいいと、彼はジャンヌに命じた。それこそジャンヌのもくろみだった。

シャヴェール先生は、わたしがおぼえているとおりだった。でっぷりとして髪を短く刈り、肉屋のような分厚い手をしている。けれども彼を見たのは一度だけ、手術の前かあとの閃光が炸裂する合間だ。シャヴェール先生は、義弟であるドゥラン先生の心配について話し、送られてきた報告書をわたしの前でひらいた。

「どうしてドゥラン君のところに行かなくなったのかね？」

「あの診療のせいで、この子はひどい状態になってしまったんです」とジャンヌが口をはさんだ。「ドゥラン先生にお電話したところ、診療はやめたほうがいいとご自分でお決めになったんです」

シャヴェール先生はドゥラン先生よりも年上で、もっと精力的らしい。ミシェルさんにたずねているんですよ、と彼はジャンヌに言った。できれば二人きりで話をしたいと。ジャンヌはそれを拒絶した。

「この子に何をするつもりなのか、知っておきたいんです。先生のことは信頼してますよ。でも、誰とも二人きりにするわけにはいきません。わたしの前で話してもいいじゃないですか」

「素人考えは困るな」とシャヴェール先生は言った。「この報告書にも書いてありましたよ。ドゥラン君がミシェルさんを診るとき、あなたはいつも立ち会っていたそうじゃないですか。退院してからは、まったく音沙汰ないというし。あなたはミシェルさんを治してあげたいんですか、あげたくないんですか？」

「ジャンヌを行かせないでください」とわたしは言った。「ジャンヌが席をはずさなければならないなら、わたしも帰ります。記憶はすぐにもどるだろうって、ドゥラン先生は約束したんです。わたしは先生に言われたとおりにしました。積み木をしたり、ショック療法を受けたり、胸の不安を何時間も語ったり。注射もされました。先生が間違ったとしても、ジャンヌのせいではありません」

「そう、彼は間違った」とシャヴェール先生はため息混じりに言った。「でもどんな事情があったのか、ようやくわかってきましたよ」

シャヴェール先生がひらいた報告書のなかに、わたしが自動筆記した言葉が見えていた。

「間違いだったんですか?」とジャンヌは驚いたように言った。

「ああ、いや、誤解しないで。あなたが思っているような意味じゃないんです。ミシエルさんはどこも損傷していません。それなのに記憶は老人のように、五、六歳のところで止まっている。習慣的な行為は続いています。記憶障害、言語障害の専門家なら、誰だってこれを脱漏性健忘だとは見なしません。ショックや極度の興奮……ミシエルさんくらいの年ごろだと、そういったものは三週間、三か月と続くこともある。ドゥラン君は間違ったけれど、自分でそれに気づきました。さもなければ、わたしにわかるわけありません。わたしは外科医で、精神科医じゃありませんからね。ミシェルさんがどんなことを書いたか、お読みになりましたか?」

「ええ、読みました」

「両手、髪、目、鼻、口。これに何か特別な意味があるんでしょうかね？　決まってくりかえし現われる言葉なんですが」

「さあ、わかりません」

「わたしもですよ。わかっているのは、ミシェルさんが火事の前から病気だったということです。もともと興奮しやすく粗暴で、自己中心的だったんじゃないですか？　悪夢を見る傾向があったのでは？　ギプスをはめた手を義弟に振り上げたときのように、突然怒りに駆られるところを見たことはありませんか？」

「よくわかりません。ミッキーは感情の起伏が激しいですし、まだ二十歳です。それに生まれつき荒っぽい性格だったかもしれません。でも病気ではありませんでした。とても分別もあったし」

「いやまあ、分別がないとは言ってませんよ！　火事の前からミシェルさんは、ある種のヒステリー的な性格を示していた。その手の人は、別段珍しくありません。パイプを吸うとか切手を集める人よりも、ずっと数は多いでしょう。だからミシェルさんが病気だったというのは、病気の境界に関するわたしの個人的な評価によってます。

それにある種の記憶喪失や失語症は、ヒステリーの典型的な徴候のひとつなんです」

シャヴェール先生は立ち上がってテーブルの反対側に回ると、診察室のソファにジャンヌと並んですわっているわたしに近づいた。そしてわたしのあごをつかむと、ジャンヌのほうに顔を向けさせた。

「これが年寄りに見えますか？　ミシェルさんの記憶喪失は脱漏性ではなく選択性です。わかりやすいように、単純化してお話ししましょう。ミシェルさんは人生のある特定の一面、時間的にかなり広い一面も忘れていません。何か、あるいは誰かを思い出すまいとしているんです。ドゥラン君がどうして間違ったのか、わかりますか？　四、五歳までのところにも、記憶の穴があるからです。その何か、あるいは誰かは、直接的間接的に、生まれてこのかたとても多くの記憶と結びついている。だからミシェルさんは、それをすべてひとつひとつ消していったんです。どういう意味かわかりますか？　水に石をいくつか投げ込んだとしましょう。中心の異なる円が、次々と広がっていきますよね。そんなようなものです」

シャヴェール先生はわたしのあごから手を離し、宙に円をいくつも描いた。

「わたしが撮ったX線写真と、手術の報告書をご覧なさい」とシャヴェール先生は続けた。「このとおり、わたしの役目は傷を縫うことだけに限られていた。百四十針です。あの晩は調子も上々でしたからね、手術のせいじゃないってことは、このわたしがいちばんよく知っています。傷のせいでも、肉体的なショックの影響でもありません。頭以上に心臓が、それをよく物語っていますからね。これは前から病気だった患者に特有の、心理的な拒絶なんです」

それ以上は、もう耐えられなかった。わたしは立ち上がると、帰りたいとジャンヌに頼んだ。シャヴェール先生はわたしの腕をつかんだ。

「怖がってくれたほうがいい」と彼は語気を強めて言った。「あなたはひとりでに治るかもしれないし、治らないかもしれない。でもひとつ、あなたにアドバイスがあります。よいアドバイス、本当のアドバイスです。わたしにまた、会いにいらっしゃい。それから、こんなふうに考えるんです。あの火事はあなたのせいじゃない。あの娘が死んだのも、あなたの責任じゃない。忘れようとしようがすまいが、彼女は存在したんです。きれいで、あなたと同い年で、名前はドムニカ・ロイといった。彼女は間違いなく死んでしまった。あなたにはもう、どうすることもできないんです」

シャヴェール先生は、わたしが振り上げた手を押さえた。そして、またわたしを診察に連れてくるようジャンヌに言った。

わたしたちは海に面したニースのホテルに、三日間滞在した。十月も終わりだというのに、砂浜にはまだ海水浴客がいた。わたしは部屋の窓から彼らを眺めながら、この町にはおぼえがあると思った。風にのってただよう潮や海草の香りは、たしかにかつて嗅いだことがある。

ジャンヌはもう二度とわたしを、シャヴェール先生のところへ連れていこうとしなかった。彼女は先生のことを、馬鹿だの乱暴者だのと言った。ヒステリーではないかもしれないが、偏執狂だと。きっと頭を何針も縫っているうちに、自分の頭が針山になってしまったのよ。穴があるのは自分でしょ。頭蓋骨にいっぱい。

けれどもわたしは、先生にもう一度会いたかった。たしかに乱暴なところはあるが、話をさえぎってしまったのはまずかった。彼はまだ、すべてを話していないはずだ。

「あいつのたわ言によれば、あなたは自分自身を忘れたがっていることになるのよ」とジャンヌは皮肉っぽく言った。「つまるところ、そういうことでしょ」

「わたしが誰か知ってたら、話を逆にするだけよ。あなただって、わかってるくせに。わたしはミッキーを忘れようとしているってこと」

「逆にしたら、あいつのご大層な推論はまったく成り立たないわ。ヒステリーっていう言葉であいつが何を言いたいのか知らないけど、たしかにミッキーなら治療を受ける必要もあったろうと認めざるをえないでしょうね。でもあなたはまったく正常だった。あなたがミッキーみたいに興奮したり、手に負えなくなったりしたことなんて一度もなかったわ」

「でもわたしは、ドゥラン先生をたたこうとしたわ。あなたをたたいたわ。それは事実よ！」

「ああいう状況であなたの立場なら、誰だって同じようにしたでしょう。わたしだったら、鉄の棒でもつかんでたわ。でもあなたは、体格では負けないイカレ娘に一週間も痣が残るほど殴られても、じっと耐えていたじゃないの。あなたこそだわ。ミッキーじゃ無理ね！」

三日目、ジャンヌはこのあとカデ岬にもどると告げた。遺言書の開封が近づいていた。ジャンヌはそれに立ち会うので、わたしは数日間、使用人と二人きりで過ごさねばならない。わたしもフィレンツェへ行ってミッキー役を演じるには、まだ力不足だとジャンヌは判断したのだ。カデ岬では火事の二週間後から別荘の修理が始まり、まだ使えないのはドムニカの部屋だけだった。あの別荘ならわずらわしい人づき合いもなく、ゆっくり療養できるだろうとジャンヌは言った。

そのことについて、わたしたちは口論となった。わたしがパリの通りにジャンヌを残して逃げ出した日以来、初めての口論だった。火事の跡が残る別荘にもどるなんて、考えただけでもおぞましい。そんなところで療養なんか、できるわけないのに。しかしいつものように、わたしは譲歩した。

午後、ジャンヌはわたしをホテルのテラスで、一時間ほどひとりにした。もどってきたとき、彼女は別の車に乗っていた。フィアット一五〇〇のオープンカーだが、色は白ではなくスカイブルーだった。これはあなたの車よ、とジャンヌは言い、書類とキーをくれた。そしてわたしを乗せ、ニースをひと回りした。

翌朝、わたしたちはそれぞれの車で、コルニッシュ道からトゥーロン街道へと向かった。ジャンヌが前を走り、わたしはそのあとについた。午後、カデ岬に着いた。マダム・イヴェットは石工が残した漆喰《しっくい》や石のかけらをせっせと片づけながら、わたしたちを待っていた。彼女はあえて口に出さなかったものの、わたしのことがわからなかったらしい。ただ「おかわいそうに、おかわいそうに」と南仏訛りで涙ながらにくりかえし、台所に引っ込んだ。

別荘はあまり高さがなく、屋根もほとんど平らだった。外装のペンキはまだ塗り終えていない。火が回らなかった側にも、煤《すす》の跡が残っていた。マダム・イヴェットが毎晩夕食を出してくれる食堂とガレージは、修復工事が終わっていた。

「今でもヒメジがお好きかわかりませんが、喜んでいただけるかと。どうですか、またこの美しい土地にいらしてみて？」

「この子にかまわないで」とジャンヌがさえぎった。

わたしは魚をひと口食べ、とてもおいしいと言った。マダム・イヴェットはその言葉に、少し勢いづいた。

「あなたにだって人情ってものがあるでしょうに、ミュルノ」と彼女はジャンヌに言った。「なにもお嬢様を取って食いやしませんよ」

フルーツを運んできたとき、マダム・イヴェットはわたしのほうに身を乗り出し、頬にキスをした。そしてわたしのことを心配しているのは、ミュルノひとりではないと言った。この三か月間、レ・レックで誰かにわたしがどうしているかたずねられなかったことは、一日としてなかったそうだ。

「じゃりっ子もいましたっけ。昨日の午後も、わたしが二階の掃除をしていると来ましたよ。たしかお嬢様も嫌ってはいなかったかと」

「何がいたって？」

「じゃりっ子、若い男です。お嬢様とさほど年もかわらないでしょう。二十二、三てところですかね。いえ、なに、恥ずかしがらなくたっていいですよ。なかなかの色男で、お嬢様みたいないいにおいをさせて。頬にキスしたんで、わかったんです。あの子がちっちゃな子供のころから、知ってますから」

「それじゃあ、ミッキーの知り合いってこと？」とジャンヌがたずねた。

「だと思いますよ。お嬢様がいついらっしゃるか、今どこにいるのか、しつこく訊くんです」

ジャンヌは不安げな顔でマダム・イヴェットを見つめた。

「きっとまた来ますよ」とマダム・イヴェットは続けた。「近くの者ですから。ラ・シオタの郵便局で働いているんです」


午前一時、わたしは夏の初めにミッキーが使っていた部屋で床についたけれど、なかなか眠れなかった。マダム・イヴェットはレ・レックに帰った。午前零時の少し前、ジャンヌがわたしがもといた部屋を歩き、修繕した浴室に入る音が聞こえた。警察の捜査や工事があったあとだが、何か具合の悪い証拠が残っていないかどうか確認しているのだろう。

やがてジャンヌは、廊下の奥から三番目の部屋に入った。わたしは起き上がり、そこへ行った。彼女は白いシュミーズ姿で乱れたベッドに寝そべり、本を読んでいた。

ドレとかいう人の、『記憶障害』という本だった。

「裸足で歩いちゃ駄目よ」とジャンヌは言った。「腰かけるか、わたしの靴をはきなさい。スーツケースのなかかどこかに、スリッパもあるはずだわ」

わたしはジャンヌの手から本を取り上げ、テーブルの上に置くと、彼女のわきに倒れ込んだ。

「ジャンヌ、その男って何者かしら?」

「わからない」

「郵便局から電話をかけたとき、わたしは何て言ったの?」

「心配で眠れなくなるようなことは何も言ってないわ。その男が電報とわたしたちの通話と、両方の中味を知ったなら、警戒しなくてはならないけど、まさかそんなことありえないでしょうから」

「ラ・シオタの郵便局は大きいの?」

「さあ、どうだか。明日、行ってみなくては。ともかく今夜は、お休みなさい。通話がラ・シオタを経由しているかも確かではないのだし」

「電話ならここにもあるじゃない。下で見たわよ。すぐに確認できるわ」

「馬鹿なことしないで。ベッドにもどるのよ」

「いっしょに寝ては駄目？」

ジャンヌは突然、暗闇のなかで、もっと心配なことがあると言い始めた。

「浴室でスパナを見つけたわ。焼け焦げた衣類に交《ま》じって、洗濯機のなかにあったの。わたしのじゃない。あの晩、わたしが使ったスパナは、捨ててしまったから。毎日ナットをはずすため、あなたがどこかで買ったものかもしれない」

「だとしたら、あなたに話してたはずだわ。それにわたしだって、どこかに処分したでしょうし」

「よくわからないのよ。今までそんなこと、考えてもみなかったから。MGの道具袋にあるスパナを使ったのかと思ってた。ともかく、警察には見つからなかったらしいわ。あるいは見つけても、問題にしなかったか」

しばらくしてジャンヌに近寄り、眠ったかどうかを確かめた。わたしは闇のなかで、彼女にたずねた。病室で会った最初の午後から、どうしてずっとわたしのそばを離れないのか――結局それは遺言書のため、ゲームの規則にしたがっているだけなのかと。

彼女が答えないので、わたしはさらに続けて、記憶がもどるように一生懸命がんばる、全力であなたを助けると言った。あなたに貰ったものは、スカイブルーの車も何もかも好きだと。眠いわ、とジャンヌは答えた。

それから数日間、わたしはジャンヌが《訓練》と呼ぶことを続けた。マダム・イヴェットの反応からも、上達のほどがわかった。日に何回も、彼女は「あらまあ、ちっとも変わっていませんね！」と言った。

わたしはもっと活発で、あけっぴろげになるように努力した。活気がないとジャンヌによく叱られていたからだ。「まったくもう、しゃんとしなさいよ。そんな調子じゃ、南米にでも逃げ出し、二人で立ちんぼをするはめになるわよ。フランスの刑務所なんて、ぞっとしないわ」

マダム・イヴェットはほとんど一日じゅう、別荘にいるので、わたしたちは外に出ねばならなかった。ジャンヌは三か月前にミッキーがしたように、わたしをバンドルへ連れていった。あるいは二人で砂浜に出て、日光浴をした。ある日の午後など、もう秋だというのに水着姿で白い手袋をはめた避暑客を、小船で通りかかった漁師が啞然としたように眺めていた。

マダム・イヴェットが話していた男はやって来なかった。ラ・シオタの郵便局はとても大きく、秘密が漏れた心配はなさそうだった。けれどもカデ岬との通話は、たしかにそこを中継していた。

遺言書が開封される四日前、ジャンヌは車のうしろにスーツケースを積み、フィレンツェへ向けて出発した。前の晩はわたしの車で、マルセイユへ夕食に行った。ジャンヌはテーブルにつくと、不意に話し始めた。自分の両親のこと（彼女はカゼルタの生まれで、名前はフランス風だがイタリア人だった）、ラフェルミのところで働き始めたころのこと、十八歳から二十八歳までわが世の春を謳歌した《よき時代》のことを、澄んだ陽気な声で語るのだった。帰り道、カシからラ・シオタまでカーブが続くあいだ、ジャンヌは運転するわたしの肩に頭をもたせかけ、腕を体にまわして、車が横にそれそうになるたびハンドルに手を添えた。

フィレンツェに滞在するのは、必要最低限の期間だけにするからとジャンヌは約束した。遺言書が正式に認められるまでのことだ。ラフェルミは亡くなる前の週、遺言書に付帯の条項を加え、自分が今すぐ死んだ場合、開封はミッキーが成人した日にするよう定めたのだった。それはミッキーに対する老人の子供じみたいやがらせかもしれないし（ジャンヌの説）、急に衰えを感じ、財産の明細をはっきりさせる時間的猶予を会社の担当者に与えようとしたからかもしれない（フランソワ・シャンスの説）。そのせいで何が変わるのか、わたしにはわからなかったが、ジャンヌが言うには、遺言補足書は遺言書をすっかり書きかえる場合よりも問題が多いのだそうだ。ラフェルミの数いる近親者たちは、こうした不備や何かを盾にとって、ともかくわたしたちを困らせようとするだろう。

ジャンヌはニースに寄ってミッキーの父親を連れていく、と前に訪ねたときから話がついていた。出発のときはマダム・イヴェットがそばにいたので、ジャンヌはただ夜更かしをしないでおとなしくしてなさいとだけ言った。

マダム・イヴェットはジャンヌの部屋に泊まることにした。最初の晩、わたしはなかなか眠れず、台所に水を一杯飲みに下りた。気持ちのいい晩だった。わたしはネグリジェの上からジャンヌのジャケットを羽織り、外に出た。暗闇のなかで、別荘のまわりをひと回りした。ジャケットのポケットに手を入れると、タバコの箱があった。わたしはガレージの隅の壁に寄りかかり、タバコを一本抜き取って口にくわえた。

するとわきから、誰かが火をさし出した。

わたしは殺します

その若者が六月の陽光のなかに現われたとき、ミッキーは岬の小さな砂利浜に寝そべり、雑誌を閉じたところだった。最初、彼はとても大きく見えたが、それは白いシャツと洗いざらしたコットンパンツ姿で、ミッキーの上に身を乗り出していたからだった。本当は中背か、むしろ小柄なくらいだとすぐにわかった。けれども彼はとてもハンサムだった。黒い大きな目をし、鼻筋が通って、唇はまるで女の子のようだ。両手をポケットにつっ込んで肩をいからせ、おかしなくらいしゃちほこばって立っている。

ミッキーがドといっしょにカデ岬の別荘に来てから、二、三週間が過ぎたころだった。その日の午後、ミッキーはひとりだった。ドは車でラ・シオタまで、何か買い物に出かけていた。前にいっしょに見たけれど、ミッキーが悪趣味だと思ったパンタロンか、やはり悪趣味なイヤリングか、そんなところだろう。ともかくミッキーは若者に、あとでそう語ったのだという。

彼は砂利を踏む音もたてず、静かに近づいてきた。ほっそりとして、猫のように注意深く敏捷そうだ。

ミッキーはもっとよく見ようと、サングラスをかけなおした。彼女は、ホックのはずれたビキニのブラジャーを片手で押さえながら立ち上がった。男は訛りのない話し方で、ミッキーっていうのはあんたかとたずねた。そして答えを待たずに、ミッキーの斜め向かいに腰かけた。いつもそんなことばかりしているかのような、なめらかな身のこなしだった。ここは私有の浜辺だから出ていってほしいと、彼女は形だけの抗議をした。

ミッキーは両手を背中にまわし、ブラジャーのホックをとめようとかちゃかちゃやっていた。すると男はさっと身を乗り出し、またたくまにすませてしまった。

それから男は泳いでくると言い、シャツやズボン、キャンバス地の靴を脱ぐと、軍隊ではくような見苦しいカーキ色のショートパンツ姿で海に入っていった。

男はまるで歩くみたいに、静かにすいすいと泳いだ。茶色の短いほつれ毛を額にたらしてもどってくると、ズボンのポケットからタバコを取り出す。そして葉がすかすかになったゴロワーズを一本、ミッキーに渡した。火をつけてもらうとき、水滴が彼女の太腿に落ちた。

「おれがどうしてここに来たか、わかるかい？」

そんなことは簡単に想像がつくとミッキーは答えた。

「まさか。女には不自由してないさ」と男は言った。「この一週間、あんたたちの様子を探らせてもらったよ。でもいいかい、目的はそこじゃない。だいいちおれが目をつけてたのは、あんたの友達のほうなんだ。なかなか美人だが、おれの関心は別のところにある。ここにね」

男は人さし指を額につき立て、うしろに倒れた。そして腕を枕にし、くわえタバコで陽光のなかに寝そべった。まるまる一分間ほど沈黙が続いたあと、彼は目をきょろきょろさせ、くわえていたゴロワーズを指にはさんで言った。

「やれやれ、あんたは知りたくないのかい？」

「何が望みなの」

「おっと、そうこなくちゃ。何が望みだと思う？　一万フラン？　それとも五十万フラン？　あんたの高鳴る胸は、いくらの価値があるだろうな？　自分の腕や脚とかに保険をかけたスターがいるそうじゃないか。あんたは保険をかけてるのか？」

ミッキーはほっとしたらしい。目のまわりだけ白くならないようサングラスをはずし、そんな脅し文句は珍しくもないと応じた。わかったらさっさと服を着てちょうだい。文字どおりの帰り支度よと。

「間違えちゃ困るな。おれは保険屋じゃない」と男は言った。

「わかってるわよ、そんなこと」

「あんたを騙そうっていうんじゃない。おれには見る目と聞く耳がある。情報を役立ててほしいだけさ。それにおれは薄給でね。十万フランなら、条件としちゃ悪くないはずだ」

「ひとりで外に出るたびそんなにゆすられてたら、とっくに破産してるわ。さあ帰りなさい」

男は立ち上がった。馬鹿な話はやめにしたらしい。腰を動かさず、両足を少し持ちあげただけでさっとズボンをはく。ミッキーはその動きを見て、魅力的だと思った。あとになって、ミッキーは彼にそう言った。でもそのときは薄目をあけ、ただ男を見つめただけだった。

「だいたい、ジャンヌは頭がおかしいのよ」男は立ち止まって腰をおろし、海を見ながら暗誦をした。「彼女の星座を知ってる？　牡牛座。牡牛座の人には気をつけなさい。牡牛みたいに気が荒いんだから。頭はつまっているけど、心はからっぽ……」

ミッキーはサングラスをかけなおした。男は彼女を見つめ、微笑んだ。シャツを着てキャンバス地の靴をはき、立ち上がる。ミッキーはズボンの裾をつかんで男を引き止めた。

「どうしてそれを知ってるの？」

「十万フランだな」

「わたしが話すのを聞いてたのね。バンドルのレストランだったわ。盗み聞きをしてたんでしょ？」

「バンドルなんて、去年の夏から行ってないさ。おれはラ・シオタで働いている。郵便局でね。仕事は四時半に終わりだ。おれがこれを聞いたのは今日のことだ。一時間も前じゃない。もう帰りかけていたときだ。さあ、決心はついたかい？」

ミッキーはひざまずき、時間稼ぎのためか、タバコをもう一本欲しいと言った。男は自分で火をつけたタバコをさし出した。きっとそんな場面を、映画ででも観たのだろう。

「郵便局で？　電話ってこと？」

「ああ、フィレンツェさ。はったりなんかじゃない。誓ってこれは十万の価値がある！　みんなと同じく、おれはただ金が欲しいだけだ。あんたにとっちゃ、痛くもかゆくもないはずだ」

「どうかしてるわ。さあ、帰って」

「電話してたのはあの女、あんたの友達だ。相手はこんなふうに言ってた。『よく考えて。もういいわ。切りなさい』ってね」

そのとき、別荘の前にMGが停まる音がした。ドが帰ってきたのだ。ミッキーはサングラスを下げると、上から下までもう一度男をじろじろと眺めた。そして情報にそれだけの価値があるなら、希望の額を払うと言った。

「情報は十万を拝んでからだ。今夜、十二時に、レ・レックのバーに来てもらおうか。裏庭で野外映画をやってる。おれはそこにいるから」

男はそれだけ言うと、立ち去った。ミッキーはドがやって来るのを待った。やがて水着姿のドが肩にタオルをかけ、和《なご》やかな様子で現われた。今夜だろうがそのあとだろうが、バーなんかに行かないわ、とミッキーはそのとき思った。もう夕方で、太陽が傾いていた。

「何してたの?」

「別に」とドは答えた。「ぶらついてただけ。これ、いいでしょ?」

ドはピンクのイヤリングをつけていた。彼女はいつものように海に入った。まずはそろそろと手足を濡らし、それからインディアンのような叫び声をあげ、いっきに体を浸した。

バンドルへ夕食に行く途中、ミッキーは車のなかからレ・レックのバーにちらりと目をやった。裏庭から光が漏れ、映画のポスターが見えた。

「さっき変わった青年と知り合ったわ」とミッキーは言った。「変わったことを考える変わった青年と」

ドが何も答えずにいると、ミッキーはこんな田舎も面白そうだとつけ加えた。

その晩、零時二十分前に、ミッキーはドといっしょに別荘にもどると、薬局によるのを忘れたと言った。ラ・シオタにあいている店があるからと、彼女はヘッドライトをつけ、ひとりでまた車を出した。

零時十分前、ミッキーはレ・レックに着いた。バーのわきの小道に車を停め、防水シートで仕切られた裏庭に入る。折りたたみ椅子にすわって冒険映画の終わりを眺めていたが、観客のなかにあのけちなペテン師は見つからなかった。

男は出口で待っていた。マリンブルーのセーターを肩にかけ、袖を首のまわりで結んで、バーのカウンター前に立っている。

「すわろうか」と彼はグラスをつかんで言った。

ミッキーはひとけのないテラスに腰かけた。車が通るたびにヘッドライトが前の窓ガラスにあたり、光がはじけた。ミッキーはカーディガンのポケットから一万フラン札二枚と五千フラン札一枚を取り出した。

「あなたの話が本当に有益だったら、残りをあげるわ」

「騙すつもりはないさ。あんたのことは信用している。それに早いところ帰りたいんだろ」

男は札を受け取り、ていねいにしわを伸ばすと、ポケットにしまった。そしてこう話した。数日前、フィレンツェからの電報を届けた。使い走りの少年が午前中出ていたので、自分が配達を受け持ったのだと。

「《カフェ・ド・ラ・デジラード》にね。ラ・シオタの」

「それがわたしと、なんの関係があるの?」

「電報はあんた宛だった」

「でもわたしは、受け取ってないわ」

「受け取りに来たのはあんたの友達さ。彼女はそのあと郵便局に寄った。正直言って、すぐには気にとめなかった。彼女がフィレンツェに電話をかけようとしたんで、おやっと思った。電話をつないだのはおれの女友達でね、ちょっと聞かせてもらったんだ。それで彼女が電報の受け取り人だとわかった」

「誰だったの、フェレンツェの通話相手は？」

「そこまではわからないな。電報には名前がなかったし。通話を聞いたところでは女だった。なかなか押しの強そうな話しっぷりで。あんた、金がなくなると、その女にせびっているらしいな。それでわかるんじゃないか？」

　ミッキーは少し青ざめてうなずいた。

「電報には何て書いてあったの？」

「そっちはもっとわけがわからなくて」と男はしかめっ面をして言った。「どうやら金やら何やらのことで、あんたに一杯食わせようとしているらしい。もっとやばい話だとしても、おれの名前は出してほしくないな。おれの勘違いだったのに、おまわりのところに駆け込まれたんじゃたまらない。こっちはムショ送りだ。せっかくの人助けを恐喝呼ばわりされるのはまっぴらだ」

「警察なんかに行かないわよ」

「おれもそう思っているさ。そんなことしたら大騒ぎになる。ともかく、おれは表に出たくない」

「なんにせよ、あなたのことは言わないって約束するわ。望みはそれだけってことね？」

「冗談は抜きにしようぜ。あんた方の話はさっぱりわからないが、そんなことはどうでもいい。あんたの約束もご同様だ。おれを守ってくれるのは、電報の受領証しかない。台帳にサインしてくれれば、それで契約成立だな」

男が説明するには、電報の受領を記録した台帳があるのだという。けれども配達人はたいてい、わざわざサインを貰わない。日付を記入して、あとはマス目にチェックを入れるだけだ。

「チェックの下に、あんたがサインをするんだ。あんたが自分で《カフェ・ド・ラ・デジラード》で電報を受け取ったかのようにね。そうすればあんたがサツにたれ込んでも、こっちは言い訳が立つ」

あなたはどうも信用できない、こんな話はもうたくさんだとミッキーは答えた。駄《だ》法螺《ぼら》ひとつで二万五千フランも稼いだのだから、もう満足でしょ。もう眠いわ。飲み物代は払っておいてね。

ミッキーは立ち上がり、テラスを離れた。男はＭＧの前で彼女に追いついた。小路の明かりはもう消えている。男は「ほら」と言ってお札をミッキーに返すと、身を乗り出して唇に軽くキスをした。そして車のドアをあけ、シートから黒くて分厚いノートを取り上げた。いつのまにそんなものがあったのか、ミッキーにはわからなかった。男は「クラリス、パッキン。愛をこめて」とひと息に言うと、立ち去った。

レ・レックの町を出た街道のところで、ミッキーは再び男の姿に気づいた。車が拾ってくれるのを、土手の上でじっと待っている。ずいぶんと抜け目ないやつだわ、とミッキーは思った。それでも彼女は車を少し離れたところで停め、男が近づくのを待った。男はまたもや肩をいからせ、ひらりと車に乗った。与太者のような下卑た目つきをしているが、内心の喜びは隠しきれない。

「何か書くものはある？」とミッキーはたずねた。

男は鉛筆をさし出し、黒いノートをひらいた。

「どこにサインすればいいの？」

「ここだ」

男はミッキーのほうに身を乗り出し、ダッシュボードの明かりで注意深くサインを確かめた。髪がぷんぷんにおうので、何をつけているのかとミッキーはたずねた。

「男性用のオーデコロンさ。アルジェリアでしか売っていない品でね。おれは向こうで兵役についてたんだ」

「いやなにおいね。もっと離れて。電報の文面をもう一度言ってみて」

男は「クラリス、パッキン。愛をこめて」と言った。それから最初の通話内容でおぼえていることを、三回くりかえした。浜辺へミッキーと話しにやって来る直前、別の通話も聞いていた。彼はこの一週間、午後五時から夕食の時間まで別荘のまわりをうろつき、様子をうかがっていたのだ。

ミッキーが何も答えないものだから、男もしばらく考えたあと、眉をひそめて黙り込んだ。ミッキーはローギヤで車を発進させ、ラ・シオタの港まで行った。まだちらほらカフェの明かりが灯り、ボートに囲まれて大型船が眠っている。車から降りる前に、男はたずねた。

「おれの話が気にかかるんだろ？」

「まだよくわからないわ」

「どういうことなのか、調べてやろうか？」

「もう行って。忘れてちょうだい」

男はオーケーと答え、車から降りた。けれどもドアを閉める前に身を乗り出し、手を伸ばした。

「いいとも、忘れるさ。でも、何もかもってわけじゃない」と男は言った。

ミッキーは二万五千フランを手渡した。


午前二時。ミッキーが二階の寝室へ上がると、ドは眠っていた。ミッキーは廊下のドアから最初の浴室に入った。クラリスという名前には聞き覚えがある。はっきりはわからないが、浴室に関係があるような気がした。明かりをつけると、湯沸かし器のマークが目に入った。壁の上を這っているガス管を、彼女の視線が追う。

「どうかしたの？」とドムニカが隣の部屋から、寝返りを打ちながらたずねた。

「あなたの歯磨き粉を借りようと思って」

ミッキーは浴室の明かりを消し、廊下から出て寝室に向かった。


翌日、正午少し前、ミッキーはマダム・イヴェットに昼食はいらないと言った。言い忘れて悪かったが、ドといっしょにカシへ食べに行くからと。そして午後の用事をひとつ言いつけた。

ミッキーはＭＧをラ・シオタの郵便局前に停め、ドに言った。

「何日も前から送るつもりだったものがあるの。いつも忘れちゃって」

ミッキーとドは郵便局に入った。ミッキーは友人の顔をちらりとうかがった。なんだか不安げな様子だ。しかも間の悪いことに、係員の女が先まわりして声をかけた。

「フィレンツェへですか?」

ミッキーは聞こえなかったふりをしてカウンターから電報の用紙を取り、ジャンヌ・ミュルノ宛の電文を書き始めた。文面は寝る前にじっくりと考えて、一言一句準備してあった。

ごめんなさい、困ってる、お金がいるの。たくさんのキスを送ります。額、目、鼻、口、両手、足に。頼みを聞いて。泣いてます。あなたのミ。

ジャンヌは電文を不審に思い、計画をやめにするかもしれない。そうなれば作戦成功だ。

ミッキーは文面をドに見せたけれど、ドは特に面白いとも変わっているとも思わなかった。

「この電報、わたしは愉快だと思うけど」とミッキーは言った。「実に要を得てるわ。窓口に持っていってくれる? 車で待ってるから」

昨日の男は相変わらず白いシャツ姿で、窓口にすわって書類にスタンプを押していた。

二人が郵便局に入ってきたとき、彼はすぐに気づいて近寄った。そしてミッキーを追って外に出た。

「何をしようっていうんだ?」

「別に」とミッキーは答えた。「残りのお金が欲しいなら、何かするのはあなたのほうね。四時半に仕事を終えたら、別荘に行ってちょうだい。家政婦は外出しているから、二階に上がる。右側、最初のドア。なかは浴室よ。あとは自分でうまくやりなさい。スパナがいるかもね」

「あいつら、あんたに何をたくらんでいるんだ?」

「さあ。わたしの推測どおりなら、あなたにもわかるはずよ。今夜、レ・レックのバーで報告を待ってるわ。よければ時間は十時ごろってことで」

「見返りは?」

「あと二万五千フラン。残りは数日待ってもらうけど」

「いいかい、今のところ女同士の他愛もないいざこざって感じだが、もっとやばいことになるようなら、おれは手を引くからな」

「わたしの耳に入った以上、やばいことなんかになりゃしないわ。まあ、あなたの言うとおり。こんなの、他愛のないいざこざよ」

その晩、ミッキーは前日と同じ小路で車を停めた。男はそこで待っていた。

「降りるな」と男は言った。「あっちへ行こう。あんたといるところを、二度も同じ場所で見られたくないんだ」

二人はレ・レックの海岸に沿って進み、それからミッキーはバンドル方面に曲がった。

「こんな話に巻き込まれたくないな」と男は車のなかで言った。「十倍貰ったってごめんだぜ」

「あなたが必要なの」

「さっさとおまわりのところに駆け込めばいい。詳しい説明なんかする必要ないさ。ガス管のネジをはずさせ、電報を読ませるだけだ。あいつら、あんたの命を狙っているんだぞ」

「そんなに単純じゃないわ」とミッキーは言った。「警察に行くわけにはいかない。これを食い止めるには、あなたの助けが必要なのよ。それにもうしばらく、ドムニカにもいてもらわないと。あと何年かは。わからなければそれでいいわ。説明する気もないし」

「フィレンツェの女、あいつは何者だ？」

「ジャンヌっていうの」

「そんなにあんたの金が欲しいのか？」

「そうは思えないけど。もしかしたら、本当の動機は別にあるのかもしれない。でもまあ、関係のないことよ。警察にも、あなたにも、ドムニカにも」

それっきりミッキーは、バンドルに着くまで何も言わなかった。車は海岸の端にあるカジノに向かったが、エンジンを切っても二人は降りなかった。

「二人の計画がどうなっているか、つかめたの？」とミッキーは、男のほうをふり向いてたずねた。

その晩、彼女はターコイズブルーのパンタロンとサンダルをはき、昨日と同じカーディガンを着ていた。彼女はエンジンキーを抜き取り、話しながら何度もそれを頰にあてた。

「浴室のなかを十分ほど見て回ったが」と男は言った。「クラリスっていうのは湯沸かし器のメーカー名だった。窓の上で管をつないでいるナットをはずしたら、パッキンが湿ってぐちゃぐちゃになっていた。廊下にはほかにも継ぎ目はあるが、そっちはわざわざ確かめなかった。やつらには、ひとつだけで充分さ。あとは部屋を閉めきり、湯沸かし器の種火をつけておけばいいんだ。設置工事は誰が請け負ったんだ？　最近、やったようだが」

「ラ・シオタの配管業者よ」

「工事に立ち会ったのは？」

「ジャンヌが二月か三月に来てたはずだから、きっと彼女ね」

「それじゃあ、同じようなナットを手に入れることもできたな。あれは特殊なナットだ。パッキンが駄目になっても、ナットが閉まっていれば爆発を起こすほどのガスが急激に漏れることはない。もしナットまで壊したら、ばれちまう。きっと別のナットを用意しているんだ」

「手を貸してくれるわね？」

「いくらくれる？」

「あなたが要求したとおりに。十倍よ」

「まずはあんたが何をたくらんでいるのか知りたいな」と男はしばらく考えた末に言った。「電話での口真似にはびっくりだったが、なるほど話が合う。おれは何時間もかけて、あの娘をじっくりと観察した。あいつはとことんやるだろうよ」

「そうは思えない」とミッキーは言った。

「あんたはどうするつもりなんだ?」

「別に、何も。さっきも言ったでしょ。ドムニカの観察を続けるのに、あなたが必要なのよ。そのうちきっと、ジャンヌも来るわ。わたしが知りたいのは、あの二人がいつ別荘に火をつけるつもりかってこと」

「きっとまだ決めていないんじゃないか」

「決まったら、知っておきたいの。わたしがわかっていれば大丈夫、絶対に何も起きないわ」

「いいだろう。やってみよう。それだけかい?」

「夜はたいてい、別荘に人がいなくなる。わたしたちが出かけたら、パッキンの傷《いた》み具合を調べられるわよね? それで様子がわかるわ。あの子が計画を続けるのを阻止することはできない。向こうは入浴のとき、ドアを閉めればいいんだから」

「どうしてあいつらときっちり話をつけないんだ?」と男はたずねた。「わかってるのか? ただの遊びじゃすまないかもしれないんだぜ」

「そうね、火遊びだもの」

ミッキーはそう答えると、一瞬、力なく笑って、エンジンをかけた。

帰り道、ミッキーはもっぱら相手のことを話題にした。彼の身のこなしが、なかなか魅力的だと。男はミッキーがきれいだと思った。知り合いの女たちよりずっとそそられる。けれどもここは、冷静にならなければ。彼女がこの場でオーケーして、ことにおよべる場所についてきたとしても、十万のさらに十倍にはかなわない。こいつとよろしくやったからって、しょせんはその場限りのお楽しみだ。

ミッキーは男の考えを読んだかのようにハンドルから片手を離し、今夜の分として約束したお金をさし出した。

どのみち男は両親と暮らしているので、適当な場所を見つけるのはいつだってひと苦労だった。

男はミッキーの望みどおりにした。週に四回、ミッキーとドがMGでどこかへ夜遊びに出かけるのを見さだめ、いつもあけっぱなしのガレージから別荘に入って、パッキンの状態を確かめる。

彼は長い黒髪の遺産相続人と、二度会った。午後、彼女が岬の浜辺にひとりでいたときに。それから夜、ラ・シオタの港にあるバーで。彼女はくつろいだ様子だった。状況を把握している自信があったのだろう。何も起きはしない。彼女はきっぱりとそう言った。

金髪の大柄な女がカデ岬にやって来てから、彼女の態度ががらっと変わった。男はミッキーが合図をよこすまで、もう一週間じっと三人を観察した。たいていは別荘裏の道端にいたが、ときには近づいて部屋から漏れてくる声に聞き耳を立てた。ある晩、水着に裸足のミッキーが、海岸からひとりでもどってきた。そして、その晩待ち合わせをしたいと彼に言った。

彼らはラ・シオタの港で会った。ミッキーはMGから降りないまま、一万フラン札五枚を男に手渡し、もう手助けはいらないと言った。彼女の言い分を信じるなら、別荘のまわりをうろつく男がいるのに、大柄な女が何度も気づいたのだそうだ。いずれにせよ、計画はただのいたずらだったとわかったので、貰ったお金で満足してこの話は忘れるようにとミッキーは言いふくめた。もし彼が何かおかしな真似をしたら、死んでもらうことになる、その方法もあるのだと。

MGは十メートルほど走りかけて停まると、十メートルほどバックして男のところまでもどった。ミッキーはドアをあけて身を乗り出し、こうたずねた。

「ところで、名前をまだ聞いていなかったわね」

知らなくてもいいさ、と男は答えた。

わたしは殺してしまいました

おれの名はセルジュ・レッポ、と男は言った。彼は叫びかけたわたしの口を押さえ、ガレージのなかに押し込んだ。助けを求める気はすぐに失せた。仕方ない、話を聞くことにしよう。男もそれがわかったらしく、わたしが身動き取れないよう右手をうしろでねじ上げ、車と壁のあいだで押さえつけるだけにした。そのまま彼は小さい不安げな声で、少なくとも三十分ほど話し続けた。そしてわたしが逃れようとするたび、手に力をこめた。わたしはフィアットの前部にあお向けにされ、脚の感覚もなくなるほどだった。

ガレージのスライド式扉は半分あいたままだった。こうこうとした月明かりが、奥までさし込んでくる。間近にある男の顔が動くと、暗闇の輪郭まで動くような気がした。

「それでおれは言われたとおり、すべて忘れることにした。ところが七月五日、本当に火事が起こり、人がひとり死んだっていうじゃないか。そうなると、事はまったく違ってくる。初めはドムニカっていうのが一番のワルだと思っていたが、やがていろいろ疑問が出てきた。新聞記事を丹念に調べ、このあたりの連中からも話を聞いたが、何も収穫はなかった。記憶喪失だっていうんだから、どうしようもねえ」

数分前から、男は何度も長々と息をつぐようになっていた。そしていっそう力をこめ、あお向けのわたしを車の上に押しつけた。マダム・イヴェットが言ってたよりも、少し歳が上のようだ。あるいは顔に月光があたると、目じりの小じわのせいで老けて見えるのかもしれない。

わたしは息ができなかった。たとえもう一度叫ぼうとしても、とうてい無理だろう。「四か月だ」と彼は言った。「まったく長かったぜ。そうしてあんたがもどってきた。あんたが背の高いブロンド女といるのを見てわかった。もうひとりの娘は結局ドジをふんだ、あんたはミッキーだってね。そりゃまあいろいろ、疑問もあった。あんた、七月以来、ずいぶん変わっちまったからな。その髪、その顔、まるっきり別人だぜ！でもおれはここ数日、あんたを観察してきた。稽古をしているところもずっとな。こんなふうに歩きなさい、上着のボタンはこうかけるのよなんてね。でもそんなもの、あてにはならない……。実際、たいした手がかりは得られなかったさ。でも今はもう、疑いの余地はないと思ってる。やばい計画があるって、あんたに警告したのはおれだ。だから分け前が欲しい。わかったか？」

必死に首を振るわたしの意図を、男は誤解したらしい。

「馬鹿な真似するなよ！」と彼は言って、腰が折れそうになるほど乱暴にわたしを引っ張り上げた。「頭をやられたっていうのは、まあ本当なんだろう。もし嘘だったら、とっくにばれてるだろうからな。でもあんた、あの娘を殺したって自分でよくわかってるはずだ！」

今度はわたしもうなずいた。

「放して。お願い」

かすかな声しか出なかった。けれども男はそれを聞き取るというより、唇の動きを読んだのだろう。

「じゃあ、納得したんだな？」

わたしは疲れ果てたように、さらに何度もうなずいた。男はためらっていたが、ようやくわたしの手首を放して少し離れた。けれどもまだわたしが逃げ出さないかと心配しているかのように、片手で腰を押さえていた。その手のおかげで、わたしは車のボンネットに倒れ込まずにすんだ。ネグリジェをとおして、手の汗ばみが感じられた。

「いつもどってくるんだ、あの金髪女は？」

「わからないわ。数日後でしょう。お願いだから放して。大声なんか出さない。逃げたりしないわ」

わたしが手を振りはらうと、男はガレージの壁までしりぞいた。そして二人とも、しばらく何も言わなかった。わたしは車に寄りかかり、体を起こした。ガレージが一、二度、ぐるぐる回って見えたが、なんとか立っていられた。ふと気づくと、足の先が冷たくなっていた。ガレージのなかに押し込まれたとき、サンダルが脱げてしまったのだ。拾ってきてほしい、とわたしは男に言った。

わたしは男に手渡されたサンダルをはいた。男がもう一歩にじり寄ってくる。

「怖がらせるつもりじゃなかったんだ。それどころかおれの損得勘定は、あんたとの話し合いにかかってる。手荒なことをしたのも、もとはといえばあんたのせいだ。なに、簡単な話さ。おれはあんたを困らせることも、ほっとくこともできる。わざわざ困らせようなんてことは思っていない。あんたは百万フラン出すって約束したが、二百貰おう。百はあんたのため、あとの百は背の高い金髪女のため。まっとうな要求だろ？」

わたしは何を言われてもうなずくばかりだった。ともかくこの男から逃げ出し、ひとりになって考えをまとめたかった。そのためなら、どんなことだって約束しただろう。男もそれに気づいたのか、こう言った。

「ひとつだけ、忘れるなよ。あんたのサインはまだ台帳にしっかり残ってる。おれはもう行くが、いつだって目を光らせているからな。だから変な真似はするんじゃない。一度はまんまと一杯食わされた。だがおれは、二度と同じ間違いは犯さない」

男はさらにあとずさりした。戸口にさす月光を受け、男の全身が浮かび上がる。

「それでいいな？」

わかったから出てって、とわたしは答えた。また来るからなと男は言って、姿を消した。別荘から遠ざかる音は聞こえなかった。少ししてからガレージの外に出ると、からっぽの世界を月が照らしていた。なんだか、新たな悪夢を見ていたような気がした。


わたしは夜明けまで眠れなかった。うなじや背中がまた痛くなってきた。毛布の下でわたしは震えていた。

わたしは男が言ったことを、一言一句思い出そうとした。けれどもガレージのなかで、あんな姿勢を強いられていたときから、顔に吐きかけられる言葉のひとつひとつに気もそぞろだった。わたしは彼の話と自分自身の見解を重ね合わせずにはいられなかった。そしてすべてが歪んでしまった。

そもそも、誰を信じたらいいのだろう？　本当の人生なんて、わたしには何ひとつないのに。ただ他人の夢を生きてきただけ。ジャンヌは彼女なりのやり方で、ミッキーのことを語った。それはひとつの夢だった。わたしはわたしなりのやり方でその話を聞いた。同じ出来事、同じ登場人物をわたしが自分に語ったとき、それもまた夢、さらに作り物じみた夢だった。

ジャンヌ、フランソワ・ルッサン、セルジュ・レッポ、ドゥラン先生、マダム・イヴェット。みんな互いの合わせ鏡だ。結局わたしが信じていたことは、この頭のなかにしか存在しない。

その晩、わたしはレッポから聞いたミッキーの奇妙な態度について、説明をつけようとはしなかった。別荘が焼けた晩に何があったのかも、あらためて考えてみようとは思わなかった。

わたしは意味もないささいな事柄を、夜が明けるまでいつまでもこねくり返していた。まるで井戸のまわりを回る驢馬《ろば》のように。例えばわたしはセルジュ・レッポが黒い台帳を取るため、MGのなかに身を乗り出したときの動きを想像した（どうして黒いのだろう？　彼はそれを言わなかった）。彼はかがんだり立ったりしたついでに、ミッキーの頬や唇にキスをしたのだろうか（**おれはあんたにちょいとキスもしたんだぜ**）？　そもそも彼が語ったことは、本当なのか？

そのうえわたしには、胸が悪くなるようなオーデコロンのにおいが染みついていた。あの男が髪にたっぷりとふりかけていた安物のオーデコロン。ミッキーもそれに気づいていた。**あんたのサインはとてもきれいだった**、と彼は言った。**おれはダッシュボードの光ですぐに確かめたんだ。そしたらあんたは、髪に何をつけているかたずねた。これはアルジェリアから取り寄せた特別な品なんだ。おれはあっちで兵役についていたからね。なあ、嘘じゃないだろ！**

おそらく彼はオーデコロンの名前も、ミッキーに教えたのだろう。けれどもさっきガレージのなかで、わたしには何も言わなかった――それには名前がなかった。あの男はわたしやジャンヌに害を与えるかもしれない。そう考えること以上に、手袋や腕に染みついているにおいのほうが不快で、わたしは思わずスタンドをつけた。恐喝犯はきっと今も別荘のまわりを、わたしのまわりをうろついている。あいつは自分の財産みたいに、わたしを見張っているのだ。彼のものである記憶や心を。

わたしは浴室へ行き、体を洗ってまた横になった。けれどもまだ、男の気配がまつわりついているような感じがした。睡眠薬はどこだろう？　鎧戸の下から陽光がさし込むころになって、ようやくわたしは眠りについた。

昼ごろ、マダム・イヴェットが心配そうにわたしを起こした。においがまだ体から抜けていないような気がした。きっとあの男は、わたしがジャンヌに連絡すると思っているはずだ。真っ先に心配なのは、その点だった。もしわたしがそうしたら、彼は何らかの方法で嗅ぎつけ、恐ろしくなって警察に訴え出るかもしれない。そんな事態は避けなければ。

わたしは昼食のあと、別荘の前に出た。男の姿はない。もしいたなら、フィレンツェに電話させてほしいと彼に頼んだのに。

それから二日間、何とかジャンヌに知らせないままあいつを厄介払いができないかと、突拍子もない計画をあれこれ練って過ごした。小さな浜辺から一階のソファへと、あてどもなくさまよったが、彼はやって来なかった。

三日目はミッキーの誕生日だった。マダム・イヴェットが作ってくれたケーキを見て、遺言書の開封日が来たことを思い出した。もうすぐジャンヌが電話してくる。

午後になって、ジャンヌから電話があった。セルジュ・レッポは郵便局にいて、通話を盗み聞きしているだろう。わたしがドだということも知られてしまう。ジャンヌに帰ってきてほしかった。でも、どう頼んだらいいのだろう？　元気にしている、会いたいわ、とわたしは言った。わたしもよ、と彼女は答えた。

初めはジャンヌの声がおかしいのに気づかなかった。二人をつなぐ電話線の途中にいるはずの男が、気になって仕方なかったから。けれどもしばらくして、おやっと思った。

「何でもないわ」とジャンヌは言った。「疲れているだけ。ちょっと面倒なことがあって。あと一日、二日、こっちにいなくてはならないの」

心配いらない、帰ったら説明するからとジャンヌはつけ加えた。電話を切るとき、このまま永久《とわ》の別れになってしまうような気がした。けれどもわたしは受話器に向かい、そっけないキスの音をさせただけで、彼女に何も話さなかった。

新たな朝には、新たな恐れが訪れた。

寝室の窓から外を眺めると、男が二人、ガレージの前でメモを取っていた。彼らはこっちを見上げて会釈をした。警官のようだった。

下におりたときにはもう、男たちは立ち去っていた。マダム・イヴェットの話によると、彼らはラ・シオタの消防署員で、何やら調べに来たのだという。よくはわからないが、建物の構造やら北風《ミストラル》やらについて。

そうか、当局は捜査を再開したんだわ。

わたしは部屋にもどって服を着替えた。もうわけがわからない。いったい何が起きようとしているのだろう？ わたしは震えていた。見ると手も震えている。ようやくひとりでストッキングがはけるようになったのに、またできなくなってしまった。それでもわたしの心は、奇妙なほど静かで、麻痺したように何も感じなかった。

わたしは手にストッキングを持ち、部屋の真ん中に裸足でしばらくじっと立ちすくんでいた。やがて頭のなかで、誰かが話す声がした。《ミッキーが計画を知っていたのなら、自分の身を守っていたはずだ。彼女はあなたより力も強いし、あなたはひとりきりだった。ミッキーが殺されるわけない。あの男は嘘をついているんだ》また別の誰かが、こう言った。《セルジュ・レッポはとっくにあなたたちを警察に訴えている。あの男たちは火事の四か月もあとになって、ただあなたを不安がらせようとしてやって来たんじゃない。さっさと逃げて、ジャンヌのところへ行きなさい》

わたしは着替えがすまないまま廊下に出ると、夢遊病者のような足取りで燃えたドムニカの部屋に行った。

するとそこに見知らぬ男がいた。明るいベージュ色のレインコートを着て、窓の枠に腰かけている。そういえばさっき、足音が聞こえたような気がする。セルジュ・レッポだろうと思って、この部屋に来たのだった。けれどもそれは会ったこともない、痩せて、悲しそうな目をした若い男だった。彼はわたしが入ってくるのを見ても驚かなかった。わたしの格好にも、怯えた様子にも。わたしは持っていたストッキングを口にあて、ドアに寄りかかった。

今は何もかもがうつろだった。すべて燃えつき、がらんとしている。床は穴だらけで家具ひとつない部屋も、とうに鼓動を止めたわたしの心臓も。男の目には、わたしに対する軽蔑が読み取れた。あいつは敵だ。彼もまた、わたしを破滅に導く方法を知っているのだ。

焼け焦げた鎧戸が、男の背後でがたがたと鳴った。彼は立ち上がると、部屋の真ん中までゆっくりと移動し、話し始めた。前にも電話で話したことがある。ドムニカの恋人、ガブリエルだ。あんたはドムニカを殺したんだ、と男は言った。初めからそんな予感がしていたが、今は確信がある、明日になったら証拠も手に入ると。話し方こそ落ち着いているけれど、この男は頭がおかしいのだ。

「ここで何をしているのよ？」

「さがしてたのさ」と男は答えた。「きみをさがしていたんだ」

「勝手に入ってくる権利なんかないでしょ」

「すぐにそっちから、どうぞって言うさ」

彼はずっと待っていた。急ぐ必要はなかった。そして待った甲斐があった。昨日になって、わたしがドムニカを殺した理由がわかったというのだ。この別荘に入る職業的な口実もあった。費用は会社持ちで、殺人を立証するために必要なだけ南仏に滞在できた。

口実というのは、ドムニカが働いていた銀行の職員たちの生命保険だった。彼がドムニカとつき合いだしたのも、この保険がきっかけだった。人生っていうのはおかしなものだと思わないか、と男はたずねた。契約には、保険会社の調査を認める条項がある。彼はそれを知っていたので、四か月間待っていたのだ。ドが死んだと聞いて、その前の数か月分の掛け金を自腹を切って払ったくらいだ。これは不正なことなので、会社に知られたらもう保険の業界では働けなくなる。けれどもその前に、恋人の復讐を果たせるだろう。

わたしは少しほっとした。彼はわたしに揺さぶりをかけ、簡単にはあきらめないというところを見せようとした。でも、彼は何もわかっていない。

イタリアに行けば状況も違うだろうし、と男は話を続けた。向こうなら双手《もろて》を挙げて歓迎される。ドがフランスで入っていたのは、月に二千フラン、十年間の特約付保険だけだった。ところがサンドラ・ラフェルミがドにかけたありとあらゆる保険の総額は、数千万におよぶ。ささいな契約にでも何らかの異議申し立てがなされれば、イタリアの保険会社も大いに関心を持つだろうというのだ。

　異議申し立て？　ラフェルミの保険ですって？　わけがわからない。また不安が襲ってきた。男も少し驚いたようだ。まだいくつかわたしに知らされていないことがあると、彼にもわかったに違いない。喜びというより皮肉からだろう、そのときだけは男の顔が輝いた。

「きみがぼくの仕事を邪魔するなら、今夜か明日にでも、穿鑿《せんさく》好きな連中がこの別荘に押しかけてくる。ぼくよりずっと穿鑿好きなやつらがね」と彼は言った。「ぼくが報告書のなかで、別荘の主から理解が得られなかった、彼女は何か隠しているらしいと訴えればいいんだ。もう少し家を見せてもらいますよ。さあ、着替えをすませて。またあとで話し合おう」

　彼はきびすを返し、火事のあった浴室のほうへ悠然と歩き始めた。そしてドアの前まで行くと、こちらをふり返りゆっくりとした口調で言った。きみの友人はフィレンツェでとても困ったことになっている、遺産の相続人はドムニカだったのだと。

その日の午後、わたしはジャンヌの書類に書かれていたフィレンツェの番号に電話をかけ続けた。夕方になって、ようやく誰かが電話に出た。どこに連絡すればジャンヌがつかまるかはわからなかった。けれどもラフェルミは最後の発作が起きる十日前、遺言書をきれいさっぱり新しくしたらしい。イタリア語はここ数週間でおぼえた表現しか知らなかったし、受話器を耳にあてていたマダム・イヴェットも通訳には慣れていなかった。だから会話はうまく通じなかった。きっと何か誤解があるのだろうと、わたしは自分に言いきかせた。

ドムニカの恋人は、家のなかを歩き回った。昼食もとらず、レインコートを脱ごうとさえしない。ときにはわたしのそばに来て、マダム・イヴェットの前だというのに、答えに窮するような警官顔負けの質問をした。

無遠慮に歩き回る男を、どうしても追いかえせなかった。ほかの人たちにもっと怪しまれるのが怖かったから。男の足音がつむじ風のように、わたしを呑み込んでゆく。男は家の前を歩いている。そのとき突然、気違いじみた考えの上でつむじ風が止まった。**ミッキーにも動機があった——わたしとまったく同じ動機が！　遺産を取り返すため、わたしにすりかわろうしたんだ！**

二階の部屋に行ってコートを着た。ジャンヌが置いていったお金を持ち、手袋を変える。きれいな手袋をしまってある戸棚をあけたとき、グリップが螺鈿《らでん》張りになった小型のリボルバーが目にとまった。ミッキーのスーツケースにあった銃だ。長いあいだためらった末、それも持っていくことにした。

わたしは下におり、レインコートの男がガレージの前で見ているなか、黙って車のエンジンをかけた。車が動きかけたとき、彼はわたしを呼び止めた。そしてドア越しに身を乗り入れ、やっぱり人生はおかしなものじゃないかと言った。だってきれいな車のせいで、きみは破滅するのだからと。

「きみはドが相続人になると知っていた」と彼は続けた。「きみはそれを知っていた。伯母さんから言い渡されていたからだ。きみはパリから伯母さんに電話した。お目つけ役の女が迎えに来たあとにね。それは遺言書にもはっきり書かれている。ドの誕生祝いから帰ると、きみは彼女を睡眠薬で眠らせ、寝室に閉じ込めて浴室に火をつけた」

「あなた、頭がどうかしてるわ！」

「きみはすべて計算していた。けれどもふたつだけ、想定外のことがあった。ひとつはほかのものといっしょに、記憶まで失ってしまったこと。ドムニカのふりをする計画だったことすら忘れてしまったんだ。もうひとつは、火がドムニカの寝室に届かなかったこと」

「そんな話、聞いていられないわ。帰って！」

「ぼくがこの四か月間、何をして過ごしたと思う？　わが社が設立されて以来の、火事に関する書類を調べたのさ。家の傾斜、あの晩の風向き、爆発の威力、火が出た浴室の位置。あらゆる点から見て、猛火がドムニカの寝室まで達したとは考えられない！　火事で別荘の片側は燃えたろうが、逆方向に燃え移っていったはずはないんだ。だからきみは寝室の下にあるガレージに、もう一度火をつけねばならなかった！」

わたしは男を見つめた。なんだか言いくるめられそうだ。彼はわたしの目にそんな気持ちを読み取ったらしい。わたしは肩をつかむ男の手をはらった。

「どきなさい。さもないとひき殺すわよ！」

「そのあとこの車に火をつけるのか？　もう一台の車も燃やしたみたいに？　だったら今度は、ひとつ忠告しておこう。あわてず、冷静にやるんだな。ガソリンタンクに穴をあけるときには、力まかせにするんじゃない！　よく調べれば、わかることなんだから」

わたしは車を出した。男はうしろのフェンダーにぶつかり、よろめいた。マダム・

イヴェットの叫び声が聞こえる。

手術のせいでうまく運転できず、スピードも出せなかった。夕暮れが近づき、入り江の向こうにラ・シオタの町明かりが見えた。夏場と同じようにセルジュ・レッポの仕事が四時半に終わるとしたら、彼は見つからないだろう。でも、彼にしゃべらせてはならない。

レッポは郵便局にいなかった。もう一度ジャンヌに電話してみたが、通じなかった。車にもどったとき、あたりは暗くなりかけていた。寒かったけれど、車の幌を広げる気力はなかった。

わたしはラ・シオタのなかを、しばらくぐるぐると回った。セルジュ・レッポが見つからないかと期待しているかのように。実際、心のどこかで、そう願っていたのだろう。残りの部分ではミッキーのことや（それはわたしかもしれないし、違うかもしれない）ジャンヌのことばかり考えていた。ジャンヌが間違うはずはない。彼女がわたしを騙すはずもない。セルジュ・レッポは嘘をついている。ミッキーは計画を知らなかった。わたしはドだ。無意味な人殺しをしてしまった。狙っていた遺産は、結局手に入れそこねた。殺人なんか犯さずとも、わたしのものになったのに。ただ待っていればよかったのだ。なんて滑稽な。笑いたくなるくらい。なのにどうしてわたしは笑わないのだろう？

　わたしはカデ岬にもどった。遠目にも、ヘッドライトを灯したたくさんの車が別荘の前に駐まっているのがわかった。警察だ。わたしは道路の端に車を停めた。ここはしっかり頭を働かせなければ。計画を立て、もう一度火事について考えるんだ。

　滑稽なことばかりだ。わたしはこの二か月、ずっと真実をさがし求めてきた。あの仕事熱心な保険会社の社員のように調査を続け、彼よりも多くの成果を得た。彼をこんなにも夢中にさせる事件のなかにいるのは、つまるところわたしひとりだった。わたしは探偵、犯人、被害者、証人、その四人すべてなのだ。本当は何が起きたのか、それを知ることができるのは、髪の短い若い尼さんのような娘だけなのだ。今夜か明日か、もっと先になるかはわからないが。

　わたしは歩いて別荘に近づいた。一階に入り込んでいる連中の黒い車のなかに、幌を折りたたんだジャンヌの白い車があった。うしろにスーツケースが積まれ、助手席にはスカーフが置き忘れてある。ジャンヌが来ているんだ……。

　わたしはきつめのコートに身を包み、ゆっくりとした足取りで遠ざかった。ポケットのなかで、何かが手に触れた。手袋越しにも、ミッキーのリボルバーだとわかる。浜辺に下りてみたがセルジュ・レッポはいなかった。街道にもどっても姿は見当たらない。わたしは車に乗り、ラ・シオタに引きかえした。

一時間後、カフェのテラスにいるレッポを見つけた。赤い髪の女といっしょだ。車から降りたわたしに気づくと、彼はばつが悪そうにあたりを見まわした。わたしは彼のほうに歩いていった。すると向こうも立ち上がり、電灯の下で一歩、二歩と近寄ってきた。それが性悪猫のような、彼の最後の二歩となった。わたしは五メートル先から彼を撃ったが、弾ははずれた。さらに進みながら、小型のリボルバーを撃ち続けた。レッポは前のめりになり、石畳の歩道に頭から倒れた。四発めのあと、引き金がきかなくなった。かちゃかちゃと二度引いてみたが、弾はもう出なかった。でも、かまわない。彼はもう死んでいるのだから。

叫び声があがり、走る足音がした。わたしはフィアットに乗ると、押し寄せる群集のなかでエンジンをかけた。人波が車の前で分かれる。これでもうジャンヌに心配かけなくてすむ。ジャンヌはわたしを腕に抱き、やさしく寝かしつけてくれるだろう。わたしはこれからもずっと愛してほしいとだけ彼女に言うだろう。右往左往するハゲタカの群れを、ヘッドライトが一掃した。

ジャンヌは別荘の食堂で、壁に寄りかかってじっと待っていた。いつもより、ほんの少し顔が蒼ざめている。

玄関の前まで来たわたしを真っ先に見たのは彼女だった。その顔は安堵と興奮で、たちまちくしゃくしゃになった。わたしは彼女のほかに何も目に入らなかった。やがてジャンヌから引き離されたとき、初めてまわりにも人がいることに気づいた。エプロン姿で泣いているマダム・イヴェット、ガブリエル、二人の制服警官、三人の私服刑事、それに今朝ガレージの前で見かけた男のひとり。

あなたはドムニカ・ロイ殺しの容疑で警察に連れていかれるけど、そんなの馬鹿げてる、とジャンヌは言った。わたしを信頼してね、あなたがひどい目に遭わされるのを黙って見ていやしないからと。

「わかってるわ、ジャンヌ」

「あなたの身には何も起こらない。起こるわけない。みんな、いろいろ言いくるめようとするでしょうけど、誰の話も聞くことないわ」

「あなたの言うことしか聞かない」

わたしたちは引き離された。二人でいっしょに二階に上がり、荷物の支度をしていいかとジャンヌはたずねた。マルセイユ訛りの刑事が、いっしょに行くと言った。彼は廊下で待っていた。ジャンヌは寝室のドアを閉めて寄りかかった。彼女はわたしを見つめて泣き始めた。

「教えて、ジャンヌ、わたしは誰？」

彼女は目に涙をいっぱいためて、首を振った。自分でもわからない、でもあなたはわたしの娘、わけがわからなくなったけど、もうそんなことどうでもいいと彼女は言った。

「あなたはミッキーのことをよく知っていたのだから、間違えるわけないわ。わたしのことを知っている……彼女のことをよく知っていたでしょ？」

ジャンヌは何度も首を横に振り、そうじゃないと答えた。たしかにジャンヌはミッキーのことを知らなかった、この四年間、ほかの誰よりも知らなかった。ミッキーは彼女を忌み嫌い、近づいてくるとすぐに逃げ出した。ジャンヌにとって、ミッキーはもう知らない女だった。

「四年前に何があったの？」

ジャンヌはただ泣くばかりだった。そしてわたしを抱きしめ、何もなかった、何も起きなかった、と言った。何もなかった、ちょっと馬鹿なことをしただけ、何もなかった、キスをしただけ、何でもない、ただのキス、でもあの子にはわからなかった、わからなかった、わたしが近づくことにもう耐えられなかった、あの子にはわからなかった。

ジャンヌは突然、わたしから離れ、手の甲で涙をぬぐうと、スーツケースの支度を始めた。わたしは彼女と並んでベッドに腰かけた。

「セーターは三枚入れておくわ」ジャンヌの声はさっきより落ち着いていた。「必要なものがあったら言ってね」

「ミッキーは知っていたのよ、ジャンヌ」

ジャンヌは首を振り、お願い、お願いと答えた。あの子は何も知らなかった、もし知っていたら、あなたはここにいないわ、あなたのほうが殺されていたでしょうからと。

「どうしてミッキーを殺そうとしたの?」とわたしは、ジャンヌの腕を取って小声でたずねた。「お金のため?」

彼女はやはり首を振って、違う、違うわ、と答えた。もう駄目、やめましょう、お金なんかどうでもよかった、お願いだから黙っていて。

わたしはあきらめて、ジャンヌの手に頰を寄せた。彼女はそのままにさせていた。そしてもう片方の手で、わたしの服をスーツケースにしまった。もう泣いていなかった。

「わたしにはもう、あなたしかいない」とわたしはジャンヌに言った。「遺産も、眠りにつく前の夢もなくなった。あなただけ」

「何のこと？『眠りにつく前の夢』って？」

「あなたが教えてくれたのよ。わたしが銀行に勤めていたころ、眠る前に思い浮かべていた夢物語のことを」


警察では尋問が続いた。わたしは病室に収監された。再び闇と閃光の日々が始まった。眠りの闇と、散歩のために中庭の扉をあけた瞬間の激しい閃光の日々が。

面会室の金網越しに、ジャンヌと二度会った。もう彼女を苦しめるようなことはしなかった。郵便局員殺しの件を知らされ、彼女はすっかり蒼ざめ打ちひしがれていた。自分のいないあいだに起きた多くの事柄を理解し、無理に見せていた作り笑いも消えてしまった。

警察はラ・シオタの廃車置場にあったMGの残骸を調べ、セルジュ・レッポの身辺を洗った。爆発したガソリンタンクに意図的な破損の跡を見つけたものの、警察が飛びつくような証拠は何もなかった。恐喝犯の言っていたことははったりで、電報の受領台帳など存在しないということもわかった。きっとミッキーは適当なノートにでもサインさせられたのだろう。

わたしがセルジュ・レッポを殺したのは、ジャンヌが果たした役割を隠しておこうと思ったからだ。しかしこの第二の殺人も無駄になってしまった。彼女は残っていたお金をかき集めて弁護士費用を作ったあと、自分も共犯だと名乗り出た。

ジャンヌが自白したと知って、わたしも罪を認めた。こうして二人とも起訴された。予審判事の部屋から出てきたとき、ジャンヌとほんの一瞬顔を合わせた。わたしたちはドアのところですれ違った。

「わたしにまかせて」と彼女は言った。「おとなしくして、よく考えなさい」

ジャンヌはわたしの髪に触れ、ずいぶん伸びたわねと言った。それから、補足的な捜査のためにイタリアに連れていかれるだろうとも。

「ミッキーらしく振舞うのよ。わたしが教えたとおりにね」

ジャンヌは尋問に対し素直に応じた。ときには自分から話すことさえあった。けれどもひとつだけ、共謀の相手がドムニカだったことだけは最後まで言わなかった。それは誰にも知られずに終わった。ジャンヌの意図はわかっている。わたしも自分がミッキーだと言い通せば、罪は軽くてすむはずだ。ジャンヌはミッキーの後見人だったから、主犯は彼女だと見なされるだろう。

再び夜が訪れると、考える時間はいくらでもあった。

わたしはミシェル・イゾラに違いない。そう思うときもあった。相続権を奪われたうえ、ドムニカとジャンヌに殺されようとしているとわかり、計画を挫折させることにした。けれども、いっしょにいる二人を間近に見て気が変わった。逆手を取ってドムニカを殺し、彼女にすりかわろうとしたのだ。

わたしがドになりすまそうとしたのは、死期が近づいてひがみっぽくなった伯母さんが不当に奪った遺産のためかもしれない。あるいは何か失われた愛情、ジャンヌの愛情を取りもどすためかもしれない。復讐のため、やりなおすため、苦しみ続けさせるため、苦しんだことを忘れさせるためかもしれない。いや、たぶん本当は、そうしたことすべてのためなのだろう。大金持ちの娘のままでいながら、ジャンヌに対しては別人になりたかったのだ。

長い夜のあいだには、やはりわたしはドムニカなのだと思えてくることもあった。セルジュ・レッポは嘘をついていた。ミッキーは何も知らなかった。わたしはミッキーを殺そうとしたけれど、火が寝室まで届かなかったので、あらためてガレージに放火した。そしてわたしはミッキーと入れ替わった。ミッキーのほうにこそ殺人の動機があったとは知らずに。

ドムニカだろうとミッキーだろうと、わたしは最後の瞬間、燃えさかる部屋から逃げそこねた。わたしは二階の窓の前で、火のついたネグリジェを両手に持ち、それを顔に押しつけた。苦しみのあまり、大きく口をあけたに違いない。焼け焦げた布切れが口のなかから見つかったから。わたしはぐらりとよろめき、窓から玄関の階段へと落ちていった。近所の人たちが駆けつけ、ジャンヌがわたしの上に身を乗り出す。わたしはドのはずだったから、ジャンヌは黒く焼けた体と、髪も皮膚もない顔の女をドだと思ったのだ。

そして病院の閃光が訪れ、わたしは第三の女になる。わたしは何もしなかったし、何も望まなかった。もはやあの二人の、どちらにもなりたくない。わたしはわたしだ。あとのことは、いつか死が自らの子供だと認めるだろう。

わたしは治療を受け、尋問された。できるだけしゃべらないようにした。予審には弁護士と、毎日午後に診察を受ける精神科医が立ち会った。そのときも、わたしはただ黙っているか、おぼえていないとだけ言った。わたしはミシェル・イゾラの名前で答え、ジャンヌに言われたとおり、運命の導きは彼女にまかせた。

ミドラ伯母さんの皮肉っぽい意地悪にも、いまさら何も感じなかった。遺言書によると、ミッキーにはドムニカが受け取る遺産から、月々の年金が支払われることになっていた。その額は、ドムニカが銀行で働いていたときの月給とぴったり同じだった。ミッキー……毎日二百回のブラッシング。つけてはすぐに消すタバコ。お人形のように眠り込むミッキー。眠りながら涙を流すミッキー……わたしはミッキー？　それともドムニカ？　もうわからない。

セルジュ・レッポはガレージで、わたしに嘘をついていたのだとしたら？　彼は新聞記事を読んで電報のことを思い出し、あとからすべてでっち上げたのだとしたら？　浜辺でミッキーと会ったことも、夜にレ・レックのバーで待ち合わせたことも、殺人の前にミッキーから託されたスパイ行為のこともすべて……それならわたしはドで、何もかもジャンヌと計画したとおりに進んだことになる。ガブリエルは恋人だった女の復讐をしようとして、かえってその女を滅亡させてしまった。わたしもミッキーになりすますことで、自滅したのだ。殺人の動機があったのは、ミッキーひとりだったのだから。

ドムニカ？　それともミッキー？

セルジュ・レッポの話が嘘でなければ、間違っていたのはジャンヌだ。彼女は火事の晩から間違え、そのあとも間違え、これからもずっと間違え続けるだろう。わたしはミッキーだ。ジャンヌはそのことを知らない。

彼女は知らない。

彼女は知らない。

あるいは、最初の瞬間から知っていたのかもしれない。わたしが髪も皮膚も記憶もなかったときから。

頭がおかしくなりそうだ。

ジャンヌは知っている。

彼女はずっとわかっていた。

それですべて説明がつく。白い光の下で目をあけたときから、わたしをドだと言ったのはジャンヌただひとりだ。そのあと出会った人たちは皆、恋人も父親までも、わたしをミッキーだと思った。なぜならわたしはミッキーだからだ。

セルジュ・レッポは嘘をついていなかった。

ジャンヌとドは共謀して、わたしを殺そうとした。わたしは二人の計画を知った。

わたしはドを殺して彼女になりかわった。気むずかし屋の伯母さんから、遺言書の変更を知らされていたからだ。

けれどもジャンヌは騙されなかった。彼女は火事の晩、計画が失敗したことを知った。

彼女はわたしがミッキーだとわかっていたのに、何も言わなかった。どうしてだろう?

わたしは宿泊カードのサインを書き間違えた。なぜなら火事の前から、ドになる練習をしていたからだ。わたしはドであったことなどなかった。ジャンヌにとっても、誰にとっても。

でもジャンヌは、どうして何も言わなかったのだろう?

日々が過ぎていく。

わたしはひとりぼっちだ。ひとり、真実を追っている。ひとり、知ろうとしている。もしわたしがミッキーなら、どうしてジャンヌがわたしを殺そうとしたのか理解できる。次に彼女は、わたしが共犯者だと思い込ませた。そのわけもわかるような気がする。ジャンヌはお金なんかどうでもよかった。お願いだから黙っていて。

もしドムニカなら、わたしには何も残らない。

中庭で散歩をするとき、わたしは窓に自分の姿を映してみようとする。外は寒い。わたしはいつも寒くて仕方ない。きっとミッキーも、ずっと寒かったのだろう。わたしはミッキーにもドムニカにもなりたくない。けれども二人のうち、ミッキーのほうが自分らしい気がする。ドムニカも寒かっただろうか？　犠牲者と決めた髪の長い娘の窓を見上げながら通りをうろついていたとき、渇望と恨みとが高じるあまり、体じゅうを震わせていただろうか？

再び夜の闇が訪れる。看守がわたしの上で、三人の亡霊が蠢《うごめ》く独房を閉ざす。入院した最初の晩と同じく、わたしはベッドのなかにいる。もう安心だ。今夜もまた、なりたい女になることができる。

殺したいほど愛されたミッキー？　それとも、もうひとりの女？

わたしがドムニカなら、それでもいい。もうすぐ遠くに連れていかれる。一日か、一週間か、もっと長いあいだか。結局、何もかもが拒まれるわけではない。ようやくわたしはこの目で、イタリアを見ることができるのだから。

勾留されていた娘は、フィレンツェからもどった二週間後のある一月の午後、水を飲もうとコップを手にしたとき、突然記憶を回復した。コップは床に落ちたが、不思議と割れなかった。

その年、エクス＝アン＝プロヴァンスの重罪裁判所で判決が下され、彼女は犯行時の心神喪失を理由に、セルジュ・レッポ殺害については不起訴となった。けれどもジャンヌ・ミュルノによってくわだてられたドムニカ・ロイ殺しの共犯者として、懲役十年の刑を言い渡された。

娘は裁判のあいだずっと、とても控えめな態度でいた。ジャンヌと共通になされた質問にも、たいていは元後見人に答えをゆだねた。

判決を聞くと娘は少し蒼ざめ、白い手袋をはめた手を口にあてた。懲役三十年を言い渡されたジャンヌ・ミュルノは、いつもの習慣で娘の手をそっと下げさせ、イタリア語で二言、三言話しかけた。

警官にともなわれて法廷から出たとき、娘はもう落ち着きを取りもどしたように見えた。娘は警官がアルジェリアで勤務していたことを言い当てた。彼が今使っている男性用オーデコロンが何かも言うことができた。娘はかつて、それを頭に振りかけている若者を知っていた。ある夏の夜、車のなかで、若者は彼女にオーデコロンの名前を教えた。センチメンタルで兵隊好みで、そのにおいと同じくらい胸が悪くなるような、《シンデレラの罠》という名前を。

訳者あとがき

まずは『シンデレラの罠』について語るとき決まって引き合いに出される、あのあまりにも有名なキャッチ・コピーから始めねばならないだろう。

わたしの名前はミシェル・イゾラ。
歳は二十歳。
わたしが語るのは、殺人事件の物語です。
わたしはその事件の探偵です。
そして証人です。
また被害者です。
さらには犯人です。
わたしは四人全部なのです。いったいわたしは何者でしょう？

これは一九六二年、ドノエル社のミステリ叢書《クライム・クラブ》から『シンデレラの罠』が発刊されたときに掲げられた内容紹介文で、現行のフォリオ・ポリシエ版の裏表紙にもしっかりと引き継がれている。たしかに読者の興味を掻き立てて止まない、強烈なインパクトを持った謳い文句だ。

このトリッキーな設定は、わが国でもミステリファンの心をとらえ続けている。オールタイム・ベスト選びには必ずと言っていいほど『シンデレラの罠』の名があがるのが、何よりの証拠だ。例えば一九八五年の「週刊文春」(『東西ミステリーベスト一〇〇』文春文庫)、一九九一年の「ミステリマガジン」(『ミステリハンドブック』ハヤカワ文庫)、一九九九年の「EQ」(光文社)、二〇〇五年の「ジャーロ」(光文社)、二〇〇九年の「ミステリが読みたい! 二〇一〇年版」(早川書房)が行なったアンケートで、居並ぶ名作、傑作に伍してベスト一〇〇のなかに選ばれている。さらには綾辻行人氏の「四〇九号室の患者」(『フリークス』光文社文庫)や鯨統一郎氏の『ふたりのシンデレラ』(光文社文庫)など、『シンデレラの罠』からインスパイアされた作品もあるくらいだ。

ミステリ作家の小泉喜美子さんも、『シンデレラの罠』に魅了されたひとりだった。

「フランス・ミステリーには耽美的な文体と、凝ったトリックの秀作が多い」と題したエッセイの中で、小泉さんは先のキャッチ・コピーと「わたしは殺してしまうでしょう／わたしは殺しました……」と続く章題を引いたうえでこう述べている。


どうですか、これだけでもこの作品を読みたくなってきませんか？

内容的には題名のニュアンスからも察せられるごとく、巨額の遺産争いに巻きこまれた貧しい娘をめぐる犯罪の話なのだが、書きかたがいかにも新鮮だった。とくに、モダン・ジャズか前衛絵画を想わせる文章の魅力！

ただし、これを読んで、何やらわけのわからぬ箇所があると感じた人がいたとしても仕方がない。何しろ、すべてのいきさつを読者にきちんと説明するというような文体ではない上に、細部の辻つまを厳密に合わせることなどは初めから目的としていないみたいな作風だからだ。まるで、新感覚派の詩人か画家か作曲家が感興のおもむくままに奔放におのれの世界をくり広げたという感じ。ミステリーには自由で斬新な個性や冒険こそが大切なので、些細な辻つまなんぞたいして合っていなくたっていいんだ、とうそぶいている感じ……。（『メイン・ディッシュはミステリー』新潮文庫、八六ページ）

なるほど、早熟な文学少年として十代でデビューを果たしたジャプリゾらしい才気を感じさせる文体もまた『シンデレラの罠』の魅力であるのは事実だろう。けれども「細部の辻つまを厳密に合わせることなどは初めから目的としていないみたいな作風」という一節には、一言留保をつけねばならない。たしかに旧訳版の『シンデレラの罠』には、首をかしげたくなる部分も少なくなかったが、それらはすべて翻訳上の問題だったからだ。読者を宙吊りのまま投げ出すかのようなラストも含めて、『シンデレラの罠』は精緻に計算しつくされた作品であり、「感興のおもむくまま」や「奔放」という表現とはおよそ正反対のところに位置している。『殺意の夏』や『長い日曜日』といったジャプリゾ後期の大作は、一見ばらばらな細部が最後にぴたりと組み合わさり、大きな驚きと感動を呼び起こす仕掛けになっているが、その萌芽がすでに『シンデレラの罠』のなかにも見られるのである。

あるいはここで、次のような反論がなされるかもしれない。「わたしは殺したのです」の章には、「ナレーションにちょっとした破綻」があるのではないか、「記憶を失っているはずの〈わたし〉が、事故前の数日を一人称で回想するという記述方法は、いかにも不自然である。（中略）記憶を失っているはずの〈わたし〉に事故の直前の出来事を想い出せるはずがないだろうに……」（山路龍天、松島征、原田邦夫『物語の迷宮』創元ライブラリ、一五六ページ）と。

けれどもよく読めば、この部分（本書の一七〇ページ〜一八六ページ）はいわゆる自由間接話法だとわかるはずだ。つまり語り手が自分の記憶にもとづいて述べているのではなく、ジャンヌから聞かされた話を一人称で語り直しているのだと（「ジャンヌが言うには、ミドラ伯母さんが亡くなってもミッキーはフィレンツェ行きの話に耳を貸そうとしなかったそうだ」と始まっている点に注意。たしかに旧訳では、そこも曖昧だったのだが）。それは「わたしは殺すでしょう」や「わたしは殺します」の章が三人称で書かれていながら、実はジャンヌやセルジュ・レッポの視点で語られていたのと同じことだ。一人称であれば、普通視点は語り手の「わたし」に合致している。しかし、三人称ならば客観描写（神の視点）である場合が多い。ところがこの作品では語りの人称と視点を意図的にずらすことによって、読者の目をくらまそうとしている。後述するように、それが物語の結末に関わる重要なトリックにもなっているのだ。

ときに誤解されがちだが、『シンデレラの罠』はまず一人四役ありきという発想で書かれた作品ではないだろう。語り手が置かれた特異な立場を表現した本文中の一節（一五三ページ）を巧みにアレンジして、センセーショナルな宣伝文句に仕立てたのは出版社の作戦勝ちというところだが、そこだけに目をむけるあまりこの小説が秘めたさらに深い謎が見過ごされるとしたら残念なことだ。だから今回の新訳は、初めてこの作品に触れる読者はもとより、かつて旧訳を読んで衝撃を受けた方々（わたしもそのひとりだ）にこそ手に取ってほしいと思う。『シンデレラの罠』はもっともっと凄い小説だったということが、必ずやおわかりいただけるはずだ。

――このあとはストーリーの根幹に触れますので、ぜひ本編のあとにお読みください。

それでは、この小説の本当の凄さとはどこにあるのか？　「殺人の動機は何だったのか？」、「〈わたし〉は誰だったのか？」という二点に絞って、蛇足ながらここにいくつか私見を加えておこう。

まずは殺人の動機から。もちろん表面的にはミドラ伯母さんの莫大な遺産を横取りすることだが、その陰にはドのミに対する複雑な愛憎心理が働いていることは容易に見て取れるだろう。そもそもドにとってミは、ミドラ伯母さんの寵愛を独り占めするライバルだった。ミドラ伯母さんは結婚ごっこでもミだけを選び、葬式のときにもミだけに優しい言葉をかける。やがてミはミドラ伯母さんに引き取られ、雑誌のグラビアを飾る華やかな暮らしに入るが、ドはそれを遠くから眺めているだけだ。ドはミにあこがれ、ミに成り代わりたいと思う。そして自分はシンデレラ、いつか本当のプリンセスになるべき存在なのだと夢想する。他者を媒介にした欲望のありようを三角形的欲望と呼んだのはルネ・ジラールだが（『欲望の現象学』法政大学出版局）、ここにはその典型がある。ドが欲したのは単に巨万の富なのではない。ミが受け取るはずの遺産、ミに注がれたミドラ伯母さんの寵愛の象徴としての遺産なのだ。ドが大火傷を負う危険を冒してまでジャンヌの計画に加担したのは、ミに対するこうした強烈な同化願望（「離ればなれになっても、ミはずっとわたしのなかにい続ける。わたしはミなんだ」一三六ページ）があったればこそである。

同じことは、ジャンヌに関しても言うことができる。これも旧訳ではよく読み取れなかった点だが、もともとジャンヌはミが引き取られるまで、ミドラ伯母さんから特別な寵愛を受けていた。ところがミがやって来て、その地位を奪われてしまった（一五八ページ）。ジャンヌとミのあいだにも、ミドラ伯母さんの富をめぐるライバル関係が存在していたのだ。やがてジャンヌはミに対し愛情を抱き始めるが、それも報われることはない（二五六ページ）。ジャンヌはミを殺すことによって、彼女を独占しようとしたのではないか？　ドにとってもジャンヌにとっても、ミは「殺したいほど愛された」（二六五ページ）娘だったのだ。「もしわたしがミッキーなら、どうしてジャンヌがわたしを殺そうとしたのか理解できる。次に彼女は、わたしが共犯者だと思い込ませた。そのわけもわかるような気がする。ジャンヌはお金なんかどうでもよかった。お願いだから黙っていて。／もしドムニカなら、わたしには何も残らない」（二六四〜二六五ページ）という独白の意味も、そう考えればよく理解できる。

またセルジュ・レッポの主張どおり、ドとジャンヌの殺人計画を知ったミが逆手をとってドを殺したのだとしたら、その理由もまた遺言書の変更によって失われた遺産を取り返すためだけではない。ミはジャンヌを忌み嫌いながらも、身振りを真似るほど彼女にあこがれていた（一五三ページ）。ドを奴隷あつかいしながらも（一四九ページ）、彼女の奉仕を必要としていた。結局のところミは、二人の愛情を欲していたのだ。ところがその二人が共謀して自分を殺そうとしていると知って、大きなショックを受けたに違いない。こうして彼女は、ドに成り代わる決心をした。ミは「大金持ちの娘のままでいながら、ジャンヌに対しては別人になりたかった」（二六〇ページ）のだ。

さらには、物語のなかには直接ほとんど登場しないミドラ伯母さんという人物の不気味さも浮かび上がってくる。彼女は若い女たちを周囲にはべらせ、与えたり奪ったりを繰り返しながら意のままに操ることに淫靡な喜びを見出していたのではないか。こうしてみると、『シンデレラの罠』は単に遺産相続をめぐる陰謀の物語ではない。幾重にも重なった三角形的欲望が殺人へと至る人間心理の恐ろしさを描ききっているところにこそ、この作品の真髄があるのだ。

それでは語り手の〈わたし〉は、ミとドのどちらだったのか？　結局、誰が誰を殺したのか？　「ジャンヌ・ミュルノによってくわだてられたドムニカ・ロイ殺しの共犯者として、懲役十年の刑を言い渡された」（二六六ページ）のだから、公式にはミのほうだとされているのは明らかだが、もちろんそれを鵜呑みにするわけにはいかない。もともと対外的には、生き残った娘は一貫してミだったのだし、遺言書の書き換えによってドを殺す動機がミにあったことも判明した。そして何よりも本人たちが認めている以上、司法当局にとって疑問の余地はなかったのだろうが、それはジャンヌと〈わたし〉のあいだであらかじめ取り決めていたことだった（二五九ページ）。だから、〈わたし〉が本当はドだった可能性も残されている。

けれども最後の最後になって、もうひとつの手がかりが示される。そう、オーデコロンの名前だ。記憶を回復した娘は、セルジュ・レッポがつけていたオーデコロンの名を知っていた。だとすれば、彼女はやはりミだったことになる。〈わたし〉がガレージでレッポと会ったとき、オーデコロンの名は告げられなかった（二四二ページ）。レッポからオーデコロンの名を聞く機会があったのは、ミのほうだけなのだから。そのように推理してみても、どこかしっくりこないものが残るのもまた事実だろう。ドはオーデコロンの名を知り得なかったからといって、ミが知っていたとは限らない。レッポがミにオーデコロンの名を教えたというのは、あくまで〈わたし〉の推測にすぎないのだ。もしかしたら、ミもまたオーデコロンの名を知らなかったかもしれない。《シンデレラの罠》というオーデコロンの名前自体が、実は虚構なのかも……。

ここで再び浮上するのが、語りの人称と視点の問題である。「勾留されていた娘」が記憶を回復したことから始まる最後の二ページは、新聞記事か事件の報告書を思わせる三人称の簡潔な文体で書かれているが、これが客観的叙述だという保証はどこにもない。すでにこの小説では二度にわたり、登場人物のひとりから見た出来事が三人称で語られる章があった。一人称で語られながら、語り手とは別の人物の視点から叙述されている部分もあった。だとすれば、最後の二ページが〈わたし〉の視点から語られたフィクションであっても不思議はない。本当は自分がドであったことを思い出した〈わたし〉は（いや、記憶の回復すら〈わたし〉の演技だと疑うこともできる。かつて〈わたし〉の記憶喪失を、ジャンヌが《お芝居》だと疑ったように）、ジャンヌとの約束をまっとうし、最後までミであり続けることの決意表明として、《シンデレラの罠》などという名前を作り出したのではないか？

これはなにも筆者ひとりの勝手な解釈ではない。先に挙げた『物語の迷宮』のなかでも同様の立場が取られているし（同書の一五二ページ～一六〇ページ参照）『アクロイド殺害事件』や『バスカヴィル家の犬』の大胆な真犯人探しをやってのけたピエール・バイヤールが（『アクロイドを殺したのはだれか』筑摩書房、『シャーロック・ホームズの誤謬』創元ライブラリ、参照）、彼の提唱する推理批評の着想を得るきっかけになったという論文「ソフォクレスから（フロイト経由で）ジャプリゾまで。あるいはなぜミステリか？」のなかで、すでにショシャナ・フェルマンが提唱している説でもある。少し長くなるが引用してみよう。

そもそも《シンデレラの罠》というオーデコロンの名前には、テクストにも書かれているように、なにか「そのにおいと同じくらい胸の悪くなるような」ものがある。この名前はあまりに作り物めいているのだ。しかもそれが小説のタイトルにもなって、虚構を入れ子構造にしている。オーデコロンの名があまりに作り物めいて、嘘くさく感じられるなら、それは証拠たりえないのではないか？　それはミの記憶によって回復された現実ではなく、ドが皮肉を込めて自らの物語を名づけるためにあとから捏造した虚構の名前だとは言えないだろうか？　名前ならいくらでもあろうに、どうしてよりにもよって《シンデレラの罠》なのか？　物語の冒頭で語られているように、《自分をシンデレラだと思っていた》のはドだったから。同じく冒頭で語られているように、まさにそんなお伽噺を思いついたのはドだったからだ。

そんなお伽噺を思いついたのはドだった。もちろん彼女だって、もうお伽噺を信じる歳ではなかったけれど。

ベッドのなかで想像をめぐらせていると、本当にありうる話のような気がして、ドは眠れなくなった。

読者による解読の試みは、こうしてふたつの結論へと至る。《勾留されていた娘は結局ミだった》、《勾留されていた娘は結局ドだった》。テクストにおいて（あるいは解釈において）はどちらも同じように十全だが、互いに相容れない結論である。

けれどもミステリとしての謎は、決して未解決のままになっているのではない。それどころか、謎は完全に解かれている。解釈者／読者／探偵の分析行為は単に中絶したのではなく、完璧に実効性があり、有益なものだった。ふたつの最終的な解釈は、首尾一貫したやり方ですべてを説明づけている。《すべてが説明つく》と語り手も言っているではないか。たしかに《すべてが説明つく》けれど、なされた説明がまたすべてを逆転させ、一義的な一貫性を覆すように、小説の筋が組み立てられているのだ。謎解きはどこまでいっても曖昧で、ふたつのロジックは並存し続ける。つまるところテクストは、そこのところをしっかり読み取るようにわれわれを促しているのだ。

ミステリ的な構造がここで読解のすぐれた手引きを成しているのは、『シンデレラの罠』がなによりもまず読者への罠だからなのである。(Shoshana Felman, De Sophocle à Japrisot (via Freud), ou pourquoi le policier?, *Litterature*, Larousse, 1983. p.31)

この指摘どおり、シンデレラという一語によって物語のラストと冒頭が呼応し合うように仕組まれていることは間違いないだろう。しかもラストと同じ三人称で書かれた冒頭の章（わたしは殺してしまうでしょう）にも、ドの視点が随所にうかがえる。例えば「遠くへ行ったミシェルはときおりバカンスに帰ってくると」とか、「しばらくすると、ミの姿はつるつるの表紙をした雑誌の写真でしか見られなくなった」というところなど、明らかにドの視点に沿った記述である。ならば《シンデレラの罠》というオーデコロンの名も、自らをシンデレラになぞらえ夢想にふけっていたドの想像の産物かもしれないではないか。

〈わたし〉はドだったのか、ミだったのか？　それはテクストのなかで最後まで決定できない。ストックトンの「女か虎か」ではないが、『シンデレラの罠』は巧みに作り上げられた究極のリドルストーリーだと言ってもいい。あるいは、人称、視点、時間といった物語技法を精巧な歯車さながらに組み合わせて謎を増殖し続ける、永久機関のような小説なのだと。

（本稿執筆にあたっては、Sébastien Japrisot, *Piège pour Cendrillon*, La bibliothèque Gallimard, 1999 に付されているクリスティーヌ・ベネヴァン Christine Bénévent による解説を参照した）。

二〇一二年一月

訳者紹介　1955年生まれ。早稲田大学文学部卒業。中央大学大学院修了。現在中央大学講師。主な訳書に，カダレ『誰がドルンチナを連れ戻したか』，グランジェ『クリムゾン・リバー』，カサック『殺人交叉点』，バイヤール『シャーロック・ホームズの誤謬』他多数。

検印
廃止

シンデレラの罠

2012年2月29日　初版
2023年7月28日　6版

著者　セバスチアン・ジャプリゾ
訳者　平《ひら》岡《おか》敦《あつし》

発行所　(株)東京創元社
代表者　渋谷健太郎

162-0814/東京都新宿区新小川町1-5
電話　03・3268・8231-営業部
03・3268・8204-編集部
URL　http://www.tsogen.co.jp
フォレスト・本間製本

乱丁・落丁本は，ご面倒ですが小社までご送付ください。送料小社負担にてお取替えいたします。

ISBN978-4-488-14206-3　C0197